主编 凌翔

如花在野，一日一安

吕林熹 著

北京日报出版社

图书在版编目（CIP）数据

如花在野，一日一安 / 吕林熹著. — 北京：北京
日报出版社，2022.7

ISBN 978-7-5477-4325-6

Ⅰ.①如…　Ⅱ.①吕…　Ⅲ.①散文集—中国—当代
Ⅳ.①I267

中国版本图书馆CIP数据核字（2022）第096256号

如花在野，一日一安

出版发行：北京日报出版社

地　　址：北京市东城区东单三条 8-16 号东方广场东配楼四层

邮　　编：100005

电　　话：发行部：（010）65255876

　　　　　总编室：（010）65252135

印　　刷：北京军迪印刷有限责任公司

经　　销：各地新华书店

版　　次：2022 年 7 月第 1 版

　　　　　2022 年 7 月第 1 次印刷

开　　本：710 毫米 ×1000 毫米　1/16

印　　张：15.25

字　　数：200 千字

定　　价：69.80 元

自序：一朵花绽放的旅程

写这篇文章的时候，恰逢二十四节气中最美的一个——白露。

白露。读起来便令人觉得清水泠然，唇齿生香。它是在春天走失的一滴雨；是夏天里乳燕衔来的呢喃；是风凝结了某个诗人痴望的眼神；是一粒种子走回生命之初的旅程……

这个季节，适合停下所有琐事，在心中摊开大大的行囊，去拾捡轮回路上的花籽、草籽。

于是一整天，我什么都没做。只是用灼灼的目光，去收摄花朵的魂魄。

常听人说，一个人怎样过一天，便会怎样过一生。

我的一天，像篱笆上的牵牛花，从日出到日暮，倾尽全力开一遍。

白日里，忙时栽花种草，闲时吟诗写文，用一粒粒种子与天空和大地联结，用一个个文字与生命的真相对话。

有雨的夜晚，喜欢关掉所有感官，只留出耳朵，一点一滴地听。

万物静寂，唯有雨声。

此时，屋瓦在听，花朵在听，银杏树也在听。它们皆以祈祷的姿势，站在雨中。听秋天用一场雨，兑现一个诺言。

我坐在摇椅里，身旁的花儿跟着慢慢摇。

草，静立在风中结它的籽。我也静立在风中，像一颗被吹落的种子，没有期待，没有挂碍。

喜欢称自己是一个写美文的耕种人。写一篇文章的过程，与种一株花从发芽、开花到结籽，没有分别。

每每写出令自己惊艳的词句，如一朵花终于等来一位诗人，会像偷窥到一个秘密似的，窃喜很久。

甚至喜悦到遗忘。

在一个文字里，在一朵花的身旁，忘记自己的身份。

会自问，我是创造和欣赏它们的人，还是种荚里的一颗花籽？

这样的时刻，耳朵里会被灌满风声、雨声、虫鸣声。俗世里的一物一景便于眼前退去，退去。

退回到一个人可以用一年的时间去等一朵花开的时代。

退回到一把椅子上，一页纸稿上。

然后整个世界静默下来，看一个个文字怎样找到自己的位置，看一颗颗种子怎样孕育春天。

静默，是一件太美的事情。

当我如此静默的时候，可以任意进入一缕花香、一粒草籽、一个字的偏旁里。

像一粒微尘落入泥土，那样自然。

我会于一页文稿里，倾听叶子被风摇落之前的呢喃，听一个词语讲给另一个词语的故事。

我会看见，一朵云躲进另一朵云里的温柔，看一颗露珠在阳光下渐渐稀薄的旅程。

我会张开双臂，将蓝天和山峦拥满怀，用长长的裙摆藏起落满月色的荷塘。

然后，我会闭上眼睛，任莲子在我的身体中发芽。

当第一颗星星升起的时候，我的眼睛里，有莲花次第绽放……

此时，放下笔，一篇文章已在一朵花绽放的旅程中获得自己的生命。

写这些文字的时候，我仿佛不再是我自己，而是以一朵花、一砚雨、一窗松风、一粒草籽的身份在抒写。当一篇文章写完的时候，我犹如在它们各自的生命中又活了一回。

所以这一本文集不仅仅是书，而是一朵花绽放的旅程，期待着你随意翻开一页，如遇花开一朵。

目　录

第五辑　松风煮酒

第六辑　寂照

第一辑 花香叩门

一声马蹄，踏出十万朵花开

　　在一篇早春的叙事里，总少不了关于追寻的故事。

　　有打江南赶来的小巷，为地下蛰伏的种子铺设好发芽的道路；有二十四桥明月里落下的雨，赶来为北方的土地沐浴梳洗；有醉酒的人，扑向夜晚簌簌的月光里，以狂浪的笑声换钱沽酒；还有古画里的一声马蹄，踏出尘世里十万朵花开，转而又扬鞭归隐、销声匿迹。

　　十万朵花，抒写春天的故事。我被十五的满月任命，做小村里的村长。所尽事务，便是掌管花朵大军，播报春天的消息。

　　将一树泡桐种在村口，春天一到，请它吹响山谷里第一声号角。于是会有千万只蝴蝶蹁跹赶来，奔忙在春天经过的每一个路口。为土地里酣睡的种子送信，为融化的第一条河流引路，为一朵雨做的云裁剪好衣裳，再为农田里耕耘的黄牛拾起芬芳的脚印。

　　草籽揉搓着睡眼探出头来，昨夜的露水仍酒醉不醒，醉倒在草芽的怀里。

　　我需要捡来池塘里的枯荷，熬煮一锅清冷的月色，用来给家家户户门前的老杏树换上一身新衣。炊烟是花开的暗号，当它们从烟囱里出发，月亮里会开出一树洁白的花朵。

屋后的樱花树，像一只发情的猫，与春风不尽缠绵，酝酿出一种妖气。满天的星辰已迷路，落在花蕊里，撕扯着一片片花香，缝补尘世的羽衣。

那朵朵樱花为写一纸信笺，开到荼蘼。一页风里的故事，早已被安排好结局。

门前的桃花是醉酒的诗人，他拦下了赶路的夜虫，与它斗诗一首。满树花香雷动，掌声响起，夜虫已被桃花酿灌醉，唧唧复唧唧，在村子里，传唱起撩人的诗句。

一树树桃花，接到绽放的消息，花骨朵儿在身体里躁动，青春和春天一同赶来。

热烈，沸腾，无所畏惧。小村在刹那间装满粉红色的梦，忽有几只白鹭飞来，是梦可以抵达的地址。

蔷薇在菜园的篱笆上铺展开稿纸，它要用半年的时间写出一篇最美的散文。无须平平仄仄的韵律，也无须勾人魂魄的旖旎，就以知己对坐，慢慢聊的方式，轻拢慢捻。像时光摩挲着古琴，弦音淙淙在篱笆上流淌，每个走过的人，都会化作一个音符，在一首蔷薇弹奏的曲子里起舞。

我时常站在屋顶，用洞穿俗世的目光巡视，将所有可能玷污小村的俗欲拦在村口。那些烟花般绚烂的繁华，那些看似光鲜的追寻，那些用欲望之火点亮的霓虹，都只是幻梦一场，并不是我们活着的目的。

我的口袋里塞满牵牛花，随时为村民们播报花开的信息。今日桃花红，明日杏花白，在每个素淡的日子里都会有一种花开。如此，日复一日，村民们都长出了追寻美的眼睛，安安静静，做着看花人。

巡视花开

雨后的清晨，世界被浓重的雾气遮掩，视线所及之处仅限于院子里。平日抬眼可见的远山、河流遁迹无形，风声、水声、鸟鸣声归于岑寂，小村静成一种幻觉。

这个时候，房屋和花朵像宇宙投射下来的一束光，在露珠的注视里，暗自生长。

在近似虚构出来的清晨里，时间和地点皆是不确切的信息，人物也都有了虚设的身份。比如我，在这样的晨雾里，抛弃俗世里所有期待的目光、所有炙热的梦想，只做一个巡视花开的人，一个眼中开满花朵的素心人。

从一朵蔷薇开始巡视。

蔷薇是春天亲手栽下的，选苗、栽种、浇水、施肥、支起藤架，还有日常的修剪，在这个细致的护理过程中，仿佛是自己在以土壤为纸，进行着某种伟大的创作，在我与它们之间，滋生出一份奇妙的情感。借自然的护佑，某个花开的清晨，纸上会有神迹显现。

它们的生长在黑夜里完成。某天我坐到它们身旁的时候，看见它们正在贪婪地吸吮着月光。夜色里，一束束光在蔷薇的蕊中，抵达旅程的终点。那一刻，每一粒即将绽放的花苞，都有着修行者证悟菩提的庄严。

等到第一场雨后的清晨，花苞在雾气中渐次舒展。拆苞的时刻，我几乎屏住呼吸，说不出话来，我看见月光经过黑夜的酝酿，在一朵花上放大光明，霎时间，一缕熹光越过浓雾照下来，正照在这朵花上。

是月色与晨曦最初的相遇，或是久别的重逢。都不重要了。在光照到的地方，所有的花都开了。

在这样恍惚的时候，我才清醒地意识到，在眼睛与一朵花之间，隔着整个俗世的遥远。

我继续向东篱巡视。规整的花墙上还有我手心的温度。是我，亲手把一块块砖头摆上去。当我用一整天的时间，为花朵穿好裙裾，内心有声音告诉我，欢喜的，终会相遇。

亭前的百合花由一颗其貌不扬的种子，长出嫩白的芽苞，恍然一缕风吹过的时间，便又透出蓬勃的绿。此时雨后的清晨里，它们像有着雄心壮志的少年，一层层快速地抽出叶子，在雾气中摇旗呐喊。

听见我巡视的脚步前来，它们争宠似的纷纷花开。

白色的花朵总是用香气迷人，让贪恋色彩的眼睛失去辨别的能力。白木兰的香，像一个寓言，在沉默中告诉人们，用眼睛追求到的东西，并不真实。闻到的气味往往也并不可靠，当鼻子为它迷失方向，灵魂会继续孤独地彷徨。

我在木阶上坐下，闭上眼睛。让意识翱翔于院子上空，像一个旁观者，重新巡视花朵。

雾气渐渐散去，烟岚归于远山，村庄里缓缓升起的炊烟被云朵一一收摄。

我看见，一朵花开的旅程，即是人的一生。

看花胡乱开

偶然看到一幅画的标题：看花胡乱开。心下雀跃，有微笑从心眼里窜出来，毫无刻意，是按捺不住的欢喜。

"看花胡乱开"，说的是画上灿烂在野、娇纵任性的花朵，更是画家自己的心境吧。

内心需要很安静，才能在过于繁华和喧嚣的世界里，不听、不闻、不知、不感。只是让深邃的眼神紧紧牵着自己沉重的身体，和轻盈的灵魂，行至某处有花开的地方，看花胡乱开。

或者根本无所谓是否有花，灵魂寂静安在身体中的时候，无论看风看月，看疏影横斜，或是暗香浮动，心里都会长出大片大片的花朵。

人沉浸于自然的时候，会获得这种内心深处属于一个人的安宁。

安宁，多像一个昂贵无价的奢侈品。但在与自然相通的时候，安宁，又是那么自然而然唾手可得的事情。

便捷而快速的事物，往往自带一种焦虑的毒素，感受便利的时候，这种毒素会潜入人的内心里。

手指在屏幕上快速移动，这种交流更趋向一种习惯，而不是内心能量的流动。

无须付出时间和劳动而换来的地暖，在享受温度的时候，也会生发出一种无法把握、不劳而获的空虚。

超级市场里被清洗整洁的菜蔬，因为缺少了对它的抚摸而产生的深度联结，会缺少一种感恩的等待，让饱满的生命变成仅仅是填饱肚子的食物。

如此种种，皆是便利的谎言，离速度很近，但离幸福很远。

需要做一些与大地保持联结的事情，耐心地等待日出和日落。

柴薪，炉火，种子，木质手工桌椅……这些最平常简单的事物里，往往拥有最动人的能量。

当用双手拥抱过的柴火，在炉灶里燃烧成一道道光，心里会莫名其妙地感到满足，似乎在看到火苗向上跳跃的时候，便拥有了世间最珍贵的财富。

当亲手撒到土壤里的种子，无须照料便自己发出新芽，走上各自生命完成的道路，那种感动无法形容。仿佛那嫩嫩的芽尖不是自土里生发，而是在自己的心里。

当亲手打磨一件老式家具，皮肤与树木的纹理一寸寸贴合，这个时候会产生一种联结，让手中的物件都有了自己的温度。再去使用的时候，如同爱惜自己的身体一般。

这些时刻，心里都会开出山花千万朵，任它们在自己灵魂的土壤上，胡乱地开。

所以做下一个决定，要用最少最简单的物质，过最自由的平常生活。

用更自我的态度与俗世保持疏离感，把更多的时间交托给自然，与一粒种子、一朵花对话。无须说一句敷衍的话语，无须见一个不喜欢的人，一种常人无法理解的"精神解放"，是馈赠给自己最大的自由。

当我们看透了曾用力追逐过的东西都是幻觉一般的虚无，就会打破一种执念。这种打破，让我们对依然沉迷其中的人可以有旁观者的包容和理解，同时也会有主观上的拒绝和疏远。

迷失的人，可能继续迷失，也可能在下一刻醒来。一念之间，千里万里。但每一步，唯有自渡。

通向灵魂深处的道路有千万条，法门千万种。

比如让自己停下来，听江风摇橹，看花胡乱开。

去一朵花中旅行

五月，一窗槐花香。漫山遍野的槐花，密探一般，将院子、屋顶、村庄、山谷，甚至整个小镇，团团包围。住在花香里的人，眉目朗润，步履轻盈，前尘往事只是一滴蜜的重量，精神自在游走，连呼吸都是甜的。

这个季节里，"明天"是月光叠起露水结出的花苞。等着清风拆一朵，鸟鸣拆一朵，便有新的太阳从一个花苞里出发。阳光所及之处，花香一一落座，在这片土地上修行的万物，皆可乘着花香铺设出的光线，去一朵花中旅行。

去一朵花中旅行，一定要在月色落满村庄的夜晚，一定要穿上一条白裙。

要静悄悄的，一个人。走入灵魂深处的旅程，只能一个人。

在长长的裙裾一角，绣上一只蝴蝶引路，风吹过来时，裙摆蹁跹，蝴蝶飞在前方。

花香牵起一串串脚印，在长满绿色的小径上落成音符，行走的身体是一个乐器，有林风簌簌来弹。

时而有小鹿的鼻息凑过来，撒娇的模样，印在白裙上。它柔软的绒毛，发出熠熠的光。光线在它长长的睫毛上旅行，身影跌落于瞳孔，有白露在脸颊上摇晃，是一朵花开的模样。

用笑容与途经的山谷寒暄，以行走的方式做人生的渡船，影做桨，裙扬帆，在月光泻出的河流里，让一朵花与它的前世相见。

眼睛看见的一切，在夜色里皆变得不真实。几声鸟鸣在树上寻找，松子在夜空中飞行。枝丫正在某一段旅程中停留，月光在叶子上生火煮酒。

白日里沉寂的马蹄莲此刻在窃窃私语，是夏天在进行着一种浪漫的预谋。土壤里长出的秘密，躲进野蔷薇的花苞，可它未曾料到，风是夏的情敌，会将所有的秘密于某个清晨，透露无遗。

去一朵花中旅行。一定要请蜜蜂铺好一张宴席，在细细的蕊里，盛上满满的花蜜。要用一碗碗花蜜将所有迷路的人灌醉，并用花香筑牢，囚禁起这些彷徨的灵魂。

然后，请微风和熹光执匙喂养，用最清澈的雨水冲洗愁肠。将贪婪和欲望，执着和幻想，将所有失去真味的虚伪和没有意义的期待统统冲走，让孤独的狼狈有重新面对的理由。

在一朵花中，修行浩瀚无边的慈悲，洞穿人世的沧桑和凄凉。

去一朵花中旅行，用清冷的目光敲响老僧手中的木鱼，会有护花铃唤来钟声，在山谷中静静流淌。季节与季节在此沉寂无声，花开时落雪，叶落时发芽，烟火与灰尘在此没有分别。

村庄是山峦的韵脚，炊烟是农人的梦境，在绚烂迷眼的虚无中，一段追求花开的旅程，是生命中最虔诚的信仰，是修行路上最深刻的孤独。

当用尽生命中所有的热望最终抵达，你会看见佛祖拈花一笑，在花中，你亦可坐成清风，坐成禅。

花香叩门

归隐。在春天赶来的时候，做下这个决定。

那是某个清晨，站在院子里，偶然听到草芽之间的耳语，雀跃，饱满，目中无人。燕子将南方的春天千里万里地衔来，种满墙角。看到老杏树狂乱地执笔，刹那间，花开满树。开得强势，甚至有点儿大男子主义。

满院子旖旎，铺展开一封长长的告白信。

心在那个瞬间一寸寸柔软起来。想扎到老杏树的怀里，归隐。

找来一本厚书，将被风掳走的花瓣夺回，一片片，安顿在书里喜欢的字上，藏在一个个密不透风的句号里，才算安心。

就在这个春天，用一本书，养起花香吧。

隐居的时候，拒绝所有不动肺腑的应酬，将攀缘或者迎合的关系紧紧地关在大门之外，也会拒绝所有戴着面具微笑的人。像一朵杏花那样，无论灿烂在树，抑或零落在泥，都那么不经意地，那么目中无人地，欢喜。

隐居的日子里，无法拒绝的是光阴客。比如东篱云影、古镜照神，比如空山松子、秋菊落英。还有溪鸣，石响，犬吠，炊烟，有竹风抱花眠，有洞箫声里流淌的露水。还有牧羊人的皮鞭，赶来千万亩月光。

我会为屋子装上大大的玻璃窗，为吸引来远山的云，揽镜梳妆。它们总是悄悄地来，并不知晓我在窃喜地等。它们会在窗前舒展开皎洁的眉宇，将春天所有的泪滴在心底安静收藏。

这时窗里的我，也会映出一朵云的模样，双唇之间，有纯美的诗句兀自吟出，眼睛里酿出杏花香。

我在院心的老木桌子上，铺设好碗筷，为了在清晨到来之前，留月光满席。碗里是上好的佳肴，有松风煮酒，杏花煎茶，有草芽奉上千万滴白露，还有我书页里养着的一碗花香。

贪婪的月光会撑破肚皮，在一瞬间化作满池的莲花。

我的窗台上，始终养着一瓶清水，为的是给一缕风铺展开信纸。一波波涟漪，是春风温柔提笔，写几树杨柳抽新枝，画几粒鸟鸣衔新月，在一瓶水里养着万物生动的好时光。

日常无有俗客叩扰，内心便得以处处安闲。这样的时光，似走在大树缓慢的年轮里，走在轻捻慢拢的琴弦上，走在一涧春水蜿蜒而至的脚印里，也走在一啼乳燕唤醒的春天里。

我常常一个人坐在木质台阶上，或者在山樱花树下痴痴地看。偶有麻雀啄足，与我闲聊一个下午。有风递软香，将我手里的茶，一续再续。

在门口的蔷薇拱廊下，常有几对白蝶幽会；在草坪上的石缝里，总会有野花暗自发芽；在白纱柔荡的草亭里，有山中的雾赶来休憩，采花熏香。

我还总能看到几朵云在院心围坐，烹水煎茶。

这些清风客是我素净的光阴里最亲密的伴，它们来自来，去自去，无须我刻意地招待，便会心满意足。

檐下的风铃忽而响起，或有人来？起身去看。

原来，是春雨敲窗，花香叩门。

杏花归隐

　　窗外远山，杏花开得任性，好像再也按捺不住某种欲望，只一夜间迸发。热烈，幻灭，不留余地。又像是沉寂一冬的老树，忽地长出千万对翅膀，一不留神，可以把整座山驮起，甚至翩然远去。

　　山谷寂静，它出自本能的讶异，此刻正默不作声。林风蛰伏在谷底，在满山的杏花香中，静止。山中，有途经春天的云朵，在花香与花香之间迷路，它们悄悄打开一个花苞，寂静潜伏。

　　有花开的季节，万物生动而迷人。

　　山坡早已展开长长的信纸，溪涧娓娓道来，写下一草一木间的文字。在一封向春天告白的情书里，有着水鸣石响般的肺腑动荡。所有的盼望与情绪，在一条漫长无边的春路上，暗流涌动。

　　松鼠在高高低低的松木间跳跃，像琴师隐藏的手指，在空与风中，将春天的旋律一弦弦弹起。霎时间，一声声鸟鸣在山谷间画出声音的旋涡，转而又化作悠长的音符，腾空，飞起。

田野里，已经有第一批蜜蜂从花城赶来，在桃花、杏花、杜鹃花间搜寻。它们用翅膀粘上花粉作颜料，在花丛铺设好的画布上，任意涂抹。它们贪恋的喘息声中，有着对花朵最深沉的爱恋，像书生落在古书里的眼神，因痴迷而忘返。

门前亲手栽种的竹子，包裹着一个新芽。稀稀疏疏的叶子是舞者的足尖，白壁围幕，它们在一场听不见的旋律中翩翩起舞。熹光斜斜地落在白墙竹影上，落在竹子忽隐忽现的魂魄里。风摇影动，有昨夜尚未死去的萤火虫前来寻找，在风与影相遇的某个刹那，萤火虫会在一片竹影里虔诚皈依。

屋檐下，两只燕子因建巢事宜产生分歧，正热烈地争执着，平日里悦耳的呢喃，此时充斥着近乎胀裂的情绪。巨大的火焰，在它们小小的身躯里燃烧，将小院里的宁静淹没。

然而，只一朵花开的时间，它们身体里的潮汐渐渐退去，又再次互相叼啄着颈项的羽毛，缠绵而温存。刚刚看到的那一瞬间，恍若隔世，仿佛是自己身体中的某段记忆，被谁悄悄唤起。

窗前的蔷薇，为一场花开蓄谋已久。在第一束光于树荫中隐退时，它们开始绽放的长途旅行。它们的触角向上一寸寸攀爬，像从僧者口中流出长而缓慢的经文。开花的旅途，每一步都是极其重要的修行。

长久的行走，让季节缓慢下来。终于在某一个雾气笼罩的清晨，它们攀爬上盼望已久的窗台。灵魂的栖息地，在持续而坚定的追逐之下，终会抵达。

它们在窗台上集体熏香打坐，场面静寂得令人窒息。忽有鸟鸣，衔来一颗清晨的露水，落在花苞上，它们似乎听到了久远的呼唤，在一瞬间，开到荼靡。

我听到花开的声音，望出去。

远山上，杏花已全部归隐，像匆忙赶赴一场仪式。原来于一朵花而言，生命中最重要的功课并不是绽放。

　　所以我会看见，它们是那么急切地归隐。

闲与素琴谱落花

春天离去的时候，光阴寂静。远不像来时那般热烈、喧哗、咄咄逼人。窗外在一夜间，被风织成绿色绸缎，在近处的田野与远方的山脉间起伏绵延。清晨的光束从屋顶照进来，似一卷漫长无边的经文，有着收摄感官的神力。

这样的光阴里，适宜安静地发呆，让灵魂沿着经文一字一句铺设的道路行走，与芸芸众生在一声赞叹里相遇后停留；或者熏一炷香，看烟圈氤氲，与光线重叠成画，会有一粒微尘在画中结庐幽居。

抑或做一些更加缓慢的事，与心中响起的木鱼声声旖旎相和。

比如，翻一本藏有诗人鼻息的古书，用温热的手指去一一句读，在某一个字上，触碰千年前诗人的心跳和体温。在这场宿命般的相遇里，手指温暖过的每一个字，都是久别重逢的故人。

或者坐在摇椅里晒晒太阳，让生命的能量在日光中苏醒，再采来牵牛花里的露水煮一杯春茶，让花香与茶香、泥土与阳光在一杯茶里相遇。然后把这杯光与暖种在身体跳跃的细胞里，让此后心脏的每一次跳动，

都能在身体里开出花来。

抑或坐在暮春的寂静里，闭目抚琴，掩耳吟诗。

"但识琴中趣，何劳琴上声。"只取无弦素琴一张，自有风物万种来弹。

远山的薄雾久久不散，那就请松风扬帆，载来作弦。捻一缕烟岚于指尖，轻轻抚过琴身，便有鸟鸣一声、两声、三四声，清泠响起。霎时间，松子落进溪涧，石子奏响空山，洗耳的旋律在山谷中回荡，满山的杏花落地归隐。

某个暮春的夜晚，上弦月的光线在素琴上折叠成弦，和风缓缓，行于弦上，草亭纱幔，悠悠荡起，有书中闻声而来的诗人，吟唱《诗经》应和。诗中的字句落成铮铮琮琮的音符，在指尖抚摸过去的时刻，时光会穿越到古时的某年某月。

当来自古时的风，摇响檐下的风铃，院子里的花朵像听到某个神灵的召唤，开始飘落。

这时的我会净身焚香，坐于琴前，双手合十，闭目祈祷。带着对自然万物无限的敬仰，向每一朵花神俯首朝拜。

梨花清冷，连告别都显得格外决绝，集体殉情一般。杏花温和，只需交换一个眼神，便在我眉间、身上落座。樱花热烈，像膨胀的欲望，在追逐的时光里，不论取舍。还有海棠、李花、玉兰花，在暮春时节，都在等待着一弦琴音响起，落成春泥更护花。

花朵听得懂我唇边流出的碎碎念，在我眼前，纷纷落成琴弦。我灼灼的目光化作最灵动的手指，在花香与月光之间谱曲和诗。

在这样素静的晚春，在热烈的浓夏到来之前，心灵该有一次这样被放逐的远行，隐于山谷，问月修禅。幽居不问人间事，闲与素琴谱落花。

走成画中人

喜欢每天给自己一段"留白"的时光，什么也不想，什么也不做，不要做斜杠青年，也摒弃俗世里虚无的标签。每个标签加身，都无非是多一种枷锁，锁住真实的自我。

索性远离电子设备，心系庄子的"葫芦"，遨游于世。不必在乎身旁所过何人，是否相识，是否记得，都不重要。

从琐碎的日常里脱身而出，随着性子四处行走，不问前路，不管归途。

于某个不知名的村口进入，很深的村子，慢慢地走。直把杏花从含苞走到绽放，似画轴被谁缓缓展开，我走成画中人。

北方早春，唯有杏花初醒，错落于野，那星星点点的明媚，是春天长出的眼睛。有风牵着信仰巡视，杏花静寂成禅。

山林草木间仍是一片暗哑的色调，古画一般的存在。

村里的房屋大多临山而建，交织，重叠，混乱，紧密，似有天机不可泄露一般，却又浑然天成。许多人家，院子里都长着一棵老杏树，杏树该有百岁之久，树干粗黑，发出夺魂摄魄的光亮，似已得道成仙。眼神落上去，就好像被什么不知名的东西紧紧捆住，久久挪不开。枝丫雄浑有力地弯曲于空，花开得明媚却不招摇，兀自安于一隅，寂静修行。

那老树老屋，还有屋后灰色调的山，组成一个画面，有一种令人震撼的古拙气。那种气场，让你接近，就会忘记呼吸，就会从俗世中跳脱出来，瞬间活成古人模样，时光也静下来。

山脚下，小村前，溪涧临风而啸，千千万万颗石子，是赤脚行走的僧人在灵魂的彼岸匍匐着、朝拜着。澎湃的经文从僧者的口中流出，在山谷中回荡，溪水敲打起木鱼，花苞、草芽、清晨的露水，云朵、飞鸟、呦呦鹿鸣，全部落座倾听。

一种金色的光芒落在我的胸膛，霎时间，肺腑动荡，泪水濡湿眼眶。我是谁？从哪里来？我何尝不是一朵云、一滴溪水？何尝不是那些石头中的一粒？

思绪在外太空旅行，双脚继续前行。村子旁有错落的农田，看见一对老夫妻，赶着一头黄牛在耕地，老夫妻之间没有交流，迈着同样的步伐向前推进，沉默地看着脚下新犁开的土地。黄牛亦没有声音，低着头静默前行。村子以外的农田里，机器的轰隆声早已铺满田野，而这里的沉默，像一种拒绝。

对物欲奔流的拒绝，对快节奏的拒绝。在这样一种慢里，一头老牛便可以把时光拖回到三百年前。

农田后的老杏树正开着花朵，花下的青瓦是时光里的守更人，沉默中有着不可动摇的力量。山风偷去杏花，在青瓦上落座，燕子的呢喃酿成酒，月光来时，会把所有看见这一幕的人灌醉。

采采流水，蓬蓬远春

北方早春，十里桃花归隐，驮着春消息的快马还未赶到。傍晚时分，依旧冷得凛冽。这时候，走在院子里，是走在周梦蝶"冷冷之初冷冷之终"的诗里，恍然心有一泉，寒冰尚未融化，脚印里泛出白霜。

此时，乡村静在一块墨色的画布上，像某个抑郁的大画家将自己所有的灰色情绪倾泻其上，稀疏几缕炊烟是他深沉的叹息。

又像一场还未上演便已散场的大戏，台上的道具似已沉默几百年，积聚的尘埃是一把沉重的大锁，锁住了所有焕然一新的可能。村子后，一排排烟灰色的老树，是这个大剧场里的守更人，没有年龄，不知已经在此守候了多少年。

忽而抬头，看见远山有轻烟一层层笼上来，空气中飘过一种淡淡的味道，梦一样，是轻烟的味道。我的身体里，在那一刻，长出草芽。

是千山暮雪赶来的快马，驮着南国的整个春天，赶来了。那轻烟是北方以北收到的第一封春信。

而我的眼睛里，恰住着拆信的人。

眼神走在山间的轻烟里，像进入一个云朵做的梦。有背着箩筐的白裙少女，在忙着撒花籽。淡淡的月光从她的箩筐里探出来，落在一寸寸土壤里，等着某个草熏风暖的日子，月光会从土壤里发芽，开成遍野的山花。

那少女摇曳的水袖，将山间每一棵老树抚出花苞，当春风梳理好她长长的睫毛，一首首绝美的诗页会于树上兀自翻开。刹那间，春在野，诗满山，那桃红柳绿的诗啊，被我的眼神——抚遍。

而这时，春天也真的来了。

白裙少女换上一身桃花衣。她所走过的地方，花香化作了种子，将村子里厚重的泥土拱出新翠的嫩芽。孤独百年的戏剧，终于要在一场春里上演。

她的箩筐早已替代月亮升起，此时她的背上是一壶神奇的春水。她收集来云里的雾，雾里的露珠，统统化作春水，点洒在她行经的每一处。只刹那间，你看吧，墙角的牵牛花吹起号角，篱笆上的野蔷薇发疯似的攀爬，寒冰在瞬间炸裂开来，山泉奔流而下，轰隆的响声在村子上空回荡，转而落在河流里，奔向远方……

此时的小村是一只发情的猫。山谷里开满胭脂色的花，将一座座小屋重重包围。热烈、躁动，是多情的少女，是少女大好的青春时光。

每当傍晚时分，袅袅炊烟提笔，会为少女描上黛色的眉，小溪流成她眼眸中清润的水泽。软风流过，半山的霞渐渐退去，有月光从她的眼中升起，赴一场樱桃与芭蕉的约。

忽地想到一句，"采采流水，蓬蓬远春"，这是小村的名字啊。

采采流水，蓬蓬远春。百年的孤独已经远去，只依着这个名字，古老的小村，终会与春天，深情相认。

纸上的清晨

烟岚，雾霭，蜿蜒的炊烟。松风唤来早春，和几声刚刚睡醒的鸟鸣，一起落在院子里。我伸个懒腰，打着哈欠。眼神被连绵的远山牵走，在山坳间某一个云窝里停下来……这是小村的一页封面——山谷中的清晨。

山谷中的清晨，走在从前慢里，像一场按了放慢键的老电影。休息一冬天的种子，要等雨落空山来迎。老杏树上的花，要春风一朵一朵叫醒。冰冻的泥土，等着惊蛰敲门，一寸寸融化。

然后，山溪像刚刚接过接力棒的少年，奔跑起来，在某一个月落乌啼的夜里，抵达河流。

这里淳朴的大地，不曾知道南方赶来第一场雨的消息，也不曾知道，火车可以在地表以下轰隆穿行。

地铁里簇拥着人群，他们似乎紧密相连。他们眉心紧锁，狠狠地锁住真实的自我。彼此商量好一样，都不抬头，手指快速地在手机屏幕上划动，像他们漂泊的心，始终没有着落。他们的心灵在快速地划动中，画地为牢。每个人都变成一座孤岛。哦，可怕的，地铁里的清晨。

那些迷茫的眼神里，藏着多少难以言说的物欲？那些慌乱的脚步里，踏过多少走失的秘密？那些捧在手心里快速消化的快餐，盛放了多少无处安放的心酸？那些闪闪发光的屏幕里，收留了多少无处寻觅的孤单？

而他们不曾知道，早餐可以一家人围着火炉慢慢地吃，落在碗里的笑声，是安住的灵魂敲响喜悦的木鱼声。他们或许永远也不会知道，这个世界上，在他们追逐的迷惘之外，有那样一群人平凡得不一样。

她们背着竹筐，竹筐里盛满食物和高香，三三两两，有说有笑地走向本主庙。仿佛是从云里走出来，或者从某个久远的年代。她们衰老的皱纹里，或许塞满了沉重的故事。但她们的眉宇间却那样轻盈，似有蝴蝶翩然。那是她们的信仰。

熏香飘远，海鸥衔来的熹光铺满湖面。她们的笑声在这片土地上开出花来……洱海边的清晨，是一种对自然的臣服，也是一种灵魂的皈依。

忽有细雨敲窗，将我飘远的思绪唤回，落在案前的纸上。

纸上的清晨，在我提笔的瞬间苏醒。

我画上一块块卵石，走向院子里的草亭。几笔素简的线条，是炉火上的奶茶冒着热气。桌子上，画出几朵牵牛花作碗，接满清晨的露水，为家人盛早餐。在一个盘子里，长出几个馋人的蘑菇。再画上几缕清晨的光线，做手中的筷子。

几片花瓣落下来，落在家人的脸上，化作一捧捧笑声在院子里荡漾开来。

在老墙下画满蔷薇的种子，等到种子钻出土壤，爬上墙，春天就扑面赶来了。

如此，怎会有俗务俗欲纠缠，还哪管世事流离悲欢，尽管用一支素笔，画出纸上的清晨，寂静着、绽放着，修尘世的禅。

春天坐在院子里的秋千上

近来，常常用一整天的时间，痴痴地看着窗外，等春天。

某一日清晨，忽有一只白鹅走来，院子里长出月亮。窗纸在一圈圈光晕中苏醒，有几缕淡淡的光随风潜入，躲藏在木制地板细密的纹理中。

我听到某一个预言从书中跌落，它将地板里的光线叠成人间四月，在某个最明媚的清晨，会有叫作"春天"的王，荣登宝座。

春天走来时，万物俯首朝拜。村庄里，第一缕炊烟已准备好登台致辞，有风执笔，把草稿写了一遍又一遍。被揉皱的稿纸，一团又一团送到空中，某个神圣的城。

村里的老树猛地举起所有嫩芽，田间山野，百草匍匐在地，花朵背上积攒千年的香赶来庆祝。宇宙间，一切的颜色与声音，一切的美梦与蝴蝶，一切的执着与幻想，在这个清晨，统统赶来，为迎接春天的王，准备着最高规格的仪式。

当他走来时，阔大无边的披风里装满灵魂，只一夜间，村庄里的一切被注入新的生命。

鸡舍中，母鸡生出十万万颗鸡蛋，堆积成山。牛棚里，初生的小牛站成一排排，把门挤破。一切生命争先恐后地繁衍，在一种无法控制的速度里，鸟鸣驮来三百年的云朵，铺满天空。

然而春天，并没有看虚无的世界一眼，他是一位喜爱安静的王。

甚至不执着于有形。

他有千万种化身，示现在每一个角落。

在山谷，你若看见有雾气氤氲成画，松柏列队，绿染半山；飞鸟盘旋织锦，花朵竞相绽放，你该知道，这是他的笔触。

在岸旁，他让河水背负起奔跑的使命，将它途经的所有稻田、农舍、村庄，连同村庄里花开的消息带到无尽的未来。

在田野，农人跃动的草帽是风长出的手指，将黄牛谱成音符，落在一垄垄琴弦上。他们扬起追赶春天的皮鞭，在蝴蝶的一对翅膀上播种希望，他们相信，蝴蝶可以飞到的远方，是梦可以抵达的方向。

篱笆上的蔷薇听到号令一般，来不及掸掉身上的泥土，便开始春的旅程。它们快速向上延伸的触角，弹奏出肖邦的夜曲。它们将花苞里的露水织成柔滑的丝绸，将花朵的外衣裁剪成月光的模样，在有月色抚慰的夜里，它们会将藤蔓上攀爬的故事写成诗集。

墙角钻出打探春路的草芽，远山的花朵便已收到绽放的讯息。炉火上，一杯雨前茶正冒着热气，香味撩人，唤醒身体里所有关于春的记忆。

苏醒了。一切不安分的生命记忆全部苏醒了。

院子，在一夜之间，被一种奇特的香气迷得睁不开眼。任凭门外的牵牛花用尽所有力气吹响喇叭，都无法让春天之王垂帘现身。

但只要有风来，你便会看见，春天，正坐在院子里的秋千上。

第二辑　在野

把夏天灌醉

山谷、溪流、撒野的瀑声，大朵大朵的芍药、养蜂人的房屋。房屋里没有人迹，只有一群群蜜蜂进进出出，忙碌着。这样的画面在眼前突然出现，恍然是误闯进某颗种子的梦里，一时间走不出，只等着发芽、开花这样美好的事情到来。

整个人被密不透风的绿所包围，眼神在四处游走，心念却无法移动。像被某种神秘的力量指派成线装书里的标点，思绪不由自己掌控。

雨天的炊烟，在山谷深处升起，抱着某种犹疑，或是某种探寻。不知是哪个朝代的人家，将烟火遗留在此。

身旁，千万只蝴蝶扑进花蕊，发出"滋滋"的声响，像一种掠夺。掠夺不走的寂静，皆会化作孤岛，以花香的形式各自游移。

大面积的绿被风吹来，掀拂着裙角，花朵一般摆动。恍惚间，鼻息里抖落出花粉，身体如刚刚拆包的花瓣，得到伸展。

在一种近乎静止的空间里，时间只是在没有目的地轮转。被指引来到这里的人，也只能以旁观者的卑微，暗自喟叹。

听到布谷鸟急切的叫声时，我在瞬间清醒。才明白，眼前发生的一切，是夏天的阴谋。

若想在此处逃离，必先把夏天灌醉。

于是我只身入林，循着炊烟升起的方向开始寻找。

我要找到七百年的菩提树，帮助花朵顿悟，让蒲公英、含羞草，所有不开花的树，都能够走上绽放的路途。要在菩提树下的经文里，将梅花的香深深藏起，如此，再狂暴的风雪，也吹不来一个冬天。

我不要冬天。太深刻的严寒会凝固一颗种子流浪的旅程。

我要把云朵织成一张大网，将所有途经人间的花香全部打劫。让木兰、百合、郁金香在远山的眼眸中发酵，还有白露和清风，篱笆和笛声，统统酿成一坛酒。

然后我要将这坛酒深埋在落满灰尘的古书里，藏匿在千年前某个书生的案头。等到某一天，我手中的白裙织好，会有暖风从一页情诗里赶来，我抬起眼眸的瞬间，月光落满双眼。

这样的一个眼神，足以把夏天灌醉。

那之后，我沿着风的触角，继续向古时某个年月里追寻。

我相信，这样的追寻是生命最初或者前世遗留下的某种符号，潜藏在原始记忆里，始终在我身体的某个角落呼唤着。

这不是出走，而是一种宿命般的回归。

我听到内心深处这样的"宿命"在呼唤我：你来，你来……在这里你会发芽、开花、结籽……你会获得生命中最重要的完成，你会与某一世的自己重逢。在这里，你会心安，你的肉身与灵魂能够完美叠合。

沿着漫长无边的道路向前走，我知道被灌醉的夏天会在转角处醒来。

身后的脚印里，叶子落了又重新发芽，花朵枯萎又重新绽放，刚刚收集好秋天的露水，天空便下起雪来。

我赶紧撕碎生命中积攒下来的情话诗篇，生火取暖。

一杯热茶刚刚抵达心底并氤出涟漪，夏天便醒了。

在绿里追寻

车子行驶在盘山公路上，道路两旁是茂密的原始森林。

无人打理的地方，树木反而格外粗壮，肆无忌惮的样子，要撑破天空一般。阳光经过树叶密织的网，稀稀疏疏落在山坡上，快速移动的车子，像被它们切剪掉的电影镜头。

野生的天女木兰，枝丫横斜，全无公园里的木兰那种矜持，甚至有点儿做作。不时刮在车窗上，似一种天真的挑逗。它们无法无天地开着，算得上飞扬跋扈。但你无法找到嗔怪的理由，因为在它们身上，我们可以看到自己缺失的那一部分。

大片大片的香扑进车窗，打劫灵魂一般，却又让人那么心甘情愿地束手就擒。我闭上眼睛，深深地呼吸着，将手伸出车窗，手指大大地张开，密林中潮湿的空气打在手心，不时有细小的飞虫撞击在手上，肉眼看不见的陨落却真实地存在着。

松香与花香在风中结成了露水，小河一般从手指缝隙间流过，一股股甘泉直流进心底，世界清明透彻起来。不禁又深吸一口气，肉体里贪婪的细胞似乎想要留住什么。其实明知道什么都留不住。一切境象都如这缕缕花香和小小飞虫的尸骸一样，留不住。

人在山顶，遥望层层叠叠的远山，眼睛行走在漫无边际的绿里，世界成了单一的、毫不复杂的存在。让人不禁想到"庄周梦蝶"，也会恍然自己便是脚下的一座山，或者山上的一草一木。

是我做梦变成了山，还是山做梦变成了我呢？分不清。

有时候，攀登只是一种验证。验证灵魂可以随众山远行，而肉身却自有它的限制。这种限制让人抓狂，感觉到无能为力，但同时也会生出一种冲破牢笼的勇气。会清醒地意识到，肉体行走得再远，都只是出走，是无法解答的疑问。而向内找到灵魂的所在，却是一种回归、一个确切的答案。

肉身不能到达的地方，灵魂可以。

回到江边的小村，油菜花开得正好。母牛深埋着头在静静地吃草，小牛犊围绕在母亲的身旁撒欢。江边干枯的芦苇与整个场景很不搭调，我想那该是大江不舍遗弃的过去。

云朵在江面航行，偶尔不小心，掉落在老渔翁张开的渔网里。夕阳中，老渔翁的身体形成一个暗黑色的剪影，他不时用尽全力张开大大的渔网，似乎想要网住即将消逝的光阴。

我看到生命中一种最大的可能、最大的张力毫无保留地显现，让人内心震撼。

但有时候这种拼尽全力，近乎一种挣扎。夕阳依然在坠落，连同那个剪影。终于沉下山坳，仿佛一切都没有出现过的消逝。

我坐在江边，没有远去。我在等待轮回。月与日的轮回，黑夜与白昼的轮回，未来与过去的轮回。

清晨的江岸无人前来，只有浓雾与花、与山、与阳光，寂静表演。

这种表演，是一种生命的完成。

　　村庄在雾气中，忽隐忽现，如同虚设。自然里的一切，是这里真正的王。

　　这样的场景，置身其中自会谦卑下来。你会真正感觉到自己的渺小。

　　因为你来与不来，它们都没有什么不同。

每只清晨的鸟都是一位诗人

每个清晨,在炊烟升起之前,我都喜欢站在院子里,以去夜遗落的一片月光的姿态,面对着远山,闭上眼睛,一动不动。

林风经过我的眉心,抚平所有念念在心的往事,有时我会不自觉地伸出手,仿佛是去抓握着什么。张开的手指像一个暗号,是身体中的某一种乐器等待着知音来弹。

这时候,会有麻雀、燕子、白眉姬鹟、布谷鸟,不谋而合地组成一个乐队,在我身体撑开的琴弦上,让清冷的音符次第花开。

就这样落一身鸟鸣,任凭它们肆无忌惮地在我耳朵里掘窝,将我心中的麻木驱逐殆尽。像一粒火种遗落荒原,燃烧起的火苗,让每个细胞都开始雀跃、沸腾。

此时我的灵魂,该是一声鸟鸣的模样。

静止不动的身体,是一片没有边际的田野,风带来花朵上的露水,落在一垄一垄的空地上。有鸟鸣声,一声两声,持续不断地落下来,直到被土壤——埋藏，依然没有停歇。

种下的鸟鸣，会经过大地的孕育生长出翅膀，一只只蹁跹在空的蝴蝶，铭记了这一段蜕变的时光。

风轻轻关上耳朵撑开的门，恍然自己静成一只花瓶，一只被古人遗落在墙角下的花瓶。它有一种妖气。我想，它千百年之后的出现，只是源于对清晨鸟鸣的执念。

索性就用身体这只花瓶，养起一声声鸟鸣吧。

鸟鸣落一声，花开一朵。

眼睛里、唇齿间、张开的手心里，当落满清晨鸟鸣的时候，身体会开成一棵巨大无比的花树。凤凰落上来，云朵落上来，十五的月光落上来……一声鸟鸣，将宇宙间所有的美好——衔来，养在花瓶里。

忽有一粒鸟鸣，衔住我的衣角，内心有小鹿逃跑，我却依然淘气着，不睁开眼睛。

此时的我像一本即将被翻阅的古书，静待千年只等着一声声鸟鸣悄悄潜入，等到行于其中窥探到某个书生的秘密，我痴痴凝望的眼神会化作书中起伏错落的字符。

我会是怎样的一本书呢？我想该是一本草木大书。不记录尔虞我诈世事的繁杂，不记录卿卿我我的人世悲欢，甚至也不去记录身着白裙的年华何时走远。

我只愿意请这一声声蘸着花露的鸟鸣执笔，帮我仔仔细细地记录好：二十四节气依何规律在轮转，夜静空山中的松子几时飘落，田野里的草籽几时发芽，还有村庄里农人的炊烟几时升起，院子里喝饱春水的杏花几时绽放，百合、木兰、郁金香，蔷薇、栀子、无尽夏……，它们是依着怎样的时序得以让我的院子围满花香？

我要在每个清晨，以自己整个身体作为鸟儿演奏的乐器，用所有迷恋的痴爱的永不挪开的目光铺设好一张无边的稿纸，请清晨的鸟儿衔来自然中最美的诗句。

　　不，我差点儿忘记，每只清晨的鸟，本就是一位诗人。

山中习静

读到王维"山中习静观朝槿，松下清斋折露葵"，一下子顿住，久久回不过神。这样一句合心意的诗句，是一条迷人的路，走进去便走不出来。

一句诗，就是一个等了又等盼了又盼的桃花源啊。

松风阵阵，鸟啼花放，月色刚刚好，露水正赶来。自然中的一切在各自的次序中寂静轮转，住在其中的人必然也是月光绕眉，一身洒然。

山中习静，如花在野。肉身与自然草木融为一体，像一种回归，那么自然。

清晨观察一朵花迎着熹光绽放，夜晚折几个露葵林下清斋。无须说话，眼睛可以与一滴露水会意，耳朵可以留一笛风声过夜，身体里铺展开的琴弦，可以任由鸟雀来弹。

俗世里的语言在这里无法流通，因此定是一整天一整天只跟风声、跟鸟叫、跟一块石头说话聊天。对一朵花梳妆，揽一怀草寒暄，于某个不经意间，自己也会静成一朵花。

素常的日子里，于杂草野石上，随便置一大壶水，也无需带茶，自有叶子的绿、花朵的香、云的白、风的清，还有溪水的清音落进来，泡好一壶春茶。随手摘一朵牵牛花作盏，伴着竹林弹奏的笙箫，便可以吟诗作赋，或尽情仰天长啸。

在山中，无须像一个"人"那样拘谨地活着。而可以像一株初生的草芽敢叫板整个春天，像一片落花，远随流水香。甚至像一捧泥土、一个老树的年轮，都无所谓，自由才是真正的归途。

于山中习静，是放下一切人所拥有的自以为是的高贵，甘心向一草一木虔诚叩拜，向一花一叶俯首学习。

是将自己放得很低很低，以一叶草芽的身份向大自然致敬。

以草芽的身份修行，会听懂风的呼唤，读懂雨的爱意，山高万丈是可以依赖的臂膀，溪流千里是可以扬起的风帆，日与夜的交替都在寂静中前行，一株草芽的责任只是向上生长。

而我的日常，正是在山中习静。我常常一身素衣麻衫，行走于林中，无须色彩，因为我深深懂得，在一群野花、一片云霞面前，人工制造的一切都会黯然失色。

更不会化妆。当熹光穿过层层叠叠的树叶落下星星点点的影子，当月光掳走一切喧嚣让整个世界染上同一种静气，我会明白，再夺目的妆术都是徒劳。

我更不可能做太过丰富的晚餐，当我挖到刚刚露头的竹笋，当我吃过雨后新发的蘑菇，当我摘下饱满的坚果和鲜红的樱桃，我会双手合十向自然行礼，我知道经过烈火烹煮出的食物哪怕再丰盛，都有疼痛和怨气。

所以我更愿意在一朵朵花中收集露水为茶，在一窝窝土壤里采撷新鲜的种子充饥，用月光铺床，以溪水梳妆。

如此，我想会有那样的一天，我的笑容会化作千千万万颗草籽在一场雨后发芽，我的心跳会化作满山的蕊，等一朵木兰拆苞。

花露菩提

如果你亲眼看见一朵睡莲，清晨缓慢绽放，夜幕悄悄闭合，隔日清晨再次绽放……你会讶异、赞叹，甚至流泪。

因你借由一朵花，看见了生命的流动，一种无须言语的生命、一种至真至纯的本性。你会为这样的一朵花而感动，因它给你的启示足以让你自觉卑微，让你长久以来的傲慢黯然失色。

你会看见一种幻象般的永恒。比你所自觉拥有的，可以掌握的一切，更为永恒。

一朵睡莲的开合，承载着整个世界生生不息的轮转，周而复始。

你会相信，每一朵花开都有它的来由。就像生命中所有的遇见。

知晓院子里第一朵睡莲开放的时候，我正在吃晚餐。

勺子搅动着碗中的奶昔、燕麦，看着各种坚果，与蓝莓、蜂蜜、酸奶渐渐融为一体，房间里暗淡下去。黄昏的暖光将窗子染成橘色。

一切事物都在近乎永恒的寂静中进行。

忽而听到一声：睡莲开花啦！

放下手中的一切，奔赴而去，没有一刻犹疑，哪怕是一种虚空的奔赴，只因没有思考的余地，便没有期待和失望。

我看见一朵纯白色、没有一丝杂质的睡莲已然绽放。一片片白色花瓣，像匍匐在地的朝圣者，以虔诚的姿态供养着金黄色的花蕊。那种光芒，足以照耀所有看见它的生命。

一汪神秘的，类似符咒般的水泽，在我的身体里激荡、回旋、曲折萦绕。在剧烈的撞击之后，抵达大海。一切归于平静。

晚霞在顷刻间退隐，月亮升起。

我没有离开，继续观照着这朵睡莲。露水落上来，月光落上来，几声乳燕的呢喃一并落上来。它的叶片开始收拢，底层绿色的叶片一并收拢，渐渐回复到含苞的状态。时光慢至无痕，月亮渐渐长大。

仿佛一切都没有发生，一切喧嚣都与它无关。恍然我亲眼看见的绽放，只是自作多情的错觉。

第一朵含苞的白莲，要战胜多少"淤泥"才能让开花的本性得以无碍地伸展？

一枝绽放的花朵，重新回复到生命初始的模样，需要走过怎样的路途？

夜色渐深。意识苏醒的时候，我急忙关掉手中的灯。害怕这种怪异的亮光，打扰到一朵花的沉寂。

梦境里，我清晰地感觉到意识如一朵花开开合合地巡流。我感受到整个身体，像初生的睡莲，一片一片被月光打开、伸展，无所挂碍。

清晨醒来，在太阳升起之前，我再次坐到睡莲身旁。

它像一位入定的僧侣，因为极致专注，身体上结出晶莹的露珠。它以如如不动的姿态，穿透夜的黑暗。仍是一身泠然初生的模样，不曾改变。

熹光越过山坳，越过篱笆上的蔷薇，照射过来。院子里的雾气渐渐散去。

樱桃上的露水，跌入泥土皈依。

"啪"的一声，白莲再次绽放。

寂静着

雨后深夜，窗外的远山上，大股雾气不知从何处迁徙而去，以试探的姿态，一寸寸向山顶蔓延。山腰以上，呈现出暗哑且忧郁的色调，为整个村庄铺设出沉默的背景。无力抗拒。或者明知是一场命中注定的侵袭，便不再抗拒，直接束手就擒。

连绵的山，顷刻间被演变成一种幻象，消失不见。与天、与地、与强势的雾气融为一体，仿佛永久的遁隐，或者从未真实存在过。

这时的村庄是一张老去的信纸，故人的字迹已模糊不清，只剩下一页时光流逝的证据。

这让我感觉到寂静。

这种寂静，是地中海的阳光照射在一条印花长裙上，你看得到光线在花朵上静止，像贪恋一个怀抱里的暖，一种没有界线的亲昵。

这种情感的生发，静水流深。你无须开口说一个字，遇见的瞬间，灵魂已然相认。

宿命里的相遇，只能是寂静的。像光线落在长裙的印花上那样，没有犹疑。那不是寻找，而是抵达。

这种寂静，又像露水逃过月色的追捕，穿透深夜的黑暗，终于落满蔷薇。哪怕自知是一种随时可能消失的停留，但相遇的刹那，已在它的目光里永垂不朽。

在这样可以视为永恒的相遇里，风雨呼啸，也仅仅是一支寂静的曲子。

寂静，是月光穿过河水流淌出的钟声。蛙响、蝉鸣、鱼儿的摇橹声，在瞬时间被收摄住魂魄，全部静止。你闭着眼睛，任河水流经你的双脚，将你的疼痛、你的怨怼抽丝剥茧，冲刷带走。你浮躁的神经在钟声里得到安顿，睁开眼睛的瞬间，有托钵的僧人向你走来。

彼时你的心，如一滴雨水抵达涟漪，在奔跑万里之后，肉身和灵魂、追寻与拥有终于融为一体。

寂静，是一个破旧的老亭等待在此停留的诗人。千年以来，它以朝圣的姿态，在此等待。曾出现在它梦里的诗句，将它的灵魂灌醉，从此，它便像一根草芽寻找土壤，一朵花期待露水，盼望着与这个诗人相遇。哪怕只是一次短暂的停留，它仍然愿意付出一生默默守候。

寂静，是一艘船载着所有历史沉入海底。喧嚣的、绚烂的场景，夺人眼球的事件，统统在深海中岑寂。听不见海鸥的鸣叫，听不到海浪的涌动，连潮汐也静止下来。一切仿佛从未发生过，一朵浪花，一个梦魇，一次妄自尊大的逃离，一杯刚刚斟好的暖茶，全部寂静着。

寂静，亦是一片叶子落入泥土皈依，没有留恋，没有挣扎。它曾在繁华处辗转，曾看见过漫山花开，曾拥有整个春天并且在春天里听见了鸟雀的呢喃。

当秋风卷来，像一双可以掌控整个宇宙的大手，一夜间将繁盛的假象摧毁，它曾经的渴盼落入虚无，它像一个卸妆之后的戏子，落寞得那样决绝。

风有信，寄来万千云朵

喜欢在雨后清晨，坐在台阶上读书写字。山峦在云雾里隐没，山谷里的村庄尚未苏醒，青瓦与炊烟皆已迷路。

小院在我翻开的书页上，静寂如露。字句缓慢移动，在目光灼灼的追寻里，获得某种新的顿悟。

百合上滴落的露珠，睡莲上游走的晨雾，还有鸡鸭丢失的脚步，皆被我一一句读。

落在屋檐下的鸟鸣甚是嚣张，仿佛要将我连同手中的书一并抬走。于是我赶紧将耳朵打个结，留住所有吹过夏天的风。

用我的耳朵，拦住它们的去路。

世界在一瞬间安静下来，像翻滚的浪花被大海吞噬，与打捞光阴的船只，一并沉入海底。

像久远的春天，劫走满山的落叶，记录季节的钟表沉迷在花开里，忘记轮转。

书中的字，化作白蝶蹁跹飞远。我闭着眼睛，不知身在何处。

幻境在心中示现。

我看见一个村庄，隐匿在一朵蒲公英里。

我惊叹，满载生命的种子却生得那样轻盈。

风被我的耳朵困住，一朵蒲公英的命运全由它自己做主。

它在一只绵羊的绒毛里祈祷，在奔腾的河流里挣扎，在身体撞击石头的时候觉知疼痛，在一朵落花的归途里获得自由。

它撑开灵魂的巨伞，将阻碍方向的浓雾一一驱散。它挣脱土壤的束缚，在一缕光线里掘窝安家。它试图用自己缥缈的形状改写身世，它毫不畏惧在粉身碎骨里迎接虚无。

熹光终被它感动，流出滚烫的泪水。

山峦，树木，房屋，花朵，像被它揭露出的真相，轮廓渐渐清晰。

炊烟升起。一切未写完的故事都有了续集。

牵牛花爬上墙头开始演奏，檐下的乳燕已学会飞翔，农人的草帽擎起无边的田野，锄头在雨水中劈开耕耘的路途。

我慢慢睁开的眼睛，惊醒小院的梦境。

只是一场梦的工夫，手中的书已翻到结局。

屋瓦开始褪色，花也开到荼靡。老旧的门环生出斑驳锈迹，银杏叶听信了秋天的谎言，飘落满地。

故事里的茶水依然冒着永恒的热气，却不知喝茶的人迷失在谁的梦里。

再次抬眼望向天空的时候，读到一封信。忽闪的睫毛走过信中的字句，一朵朵云流入眼中。

是风有信，寄来万千云朵。

山川与湖泊，江南与雪国，还有日出和月色，种子和花朵，在我眼中一一拆开。醉人的风景令我目不暇接，是云朵极尽所能写出的情话，试图引诱我在一种幻象中迷失。

但我仰望的目光始终保持着清醒，我听得懂滴落的露水是大地温柔的慈悲，我明白一场花开是荼蘼用整个春天在赎罪。

我看得清，风的假意停留只是一种阴谋。

于是，台阶上所有的鸟鸣在我耳朵里沉默。我打开耳朵上紧系的结，任风吹走。

纸上相遇

喜欢沿着一条山野小路或者林间栈道随意走走，借着冥冥中的某种指引，和一朵初绽的小花，抑或新掉落的草籽相遇。缓慢移动的身影，与无数片草木的影子叠合，在某一些瞬间，会恍然觉得，草木的记忆潜入自己的身体。

每每沿着同一条栈道行走，会有某一个脚步同时踩过四季。彼时，我能看到冬天的积雪化作夏天的叶子，秋天的枫木，结出春天的花朵。还有无数片交错的树叶、影子，化作翩翩在林的蝴蝶，一片白色的花儿化作天上的云朵。

它们本不相同，但在某些时刻，它们并没有分别。

脚步在木板上敲出一声声旋律，我静静地听，任思绪走在光与影落成的琴弦上。意识专注而自由地流动着，在这些跳跃且有节奏的音符上，总觉得会迎来琴上知音与我相遇。

走过丛林里的落叶，碎裂的声响似某种潜伏的记忆被小路提及，路旁却已经有新发的草芽，无所顾忌地摇摆着，自成天地。这些细微的场景，仿佛是一种暗示或者提醒，季节的交替，亦是一种不真实的幻境。

走在村旁的河岸上，山涧如莽撞的少年奔下来，它们汇入河流奔向远方的时候，从不曾回头，也从不停留。水从哪里来？到哪里去？今日看见的水，来日是否会再见？

在它们前赴后继追逐着的身影里，会看见曾经的自己，河水流去还会在另一个时间里复还，时光并没有走远。

这样走过很多的小河与河上的桥，走过很多条小路和尽头的村庄，走过很多花朵和山谷，走过很多个季节，就是一生的模样了吧。

而我并不满足这样的行走。

我借来下午四点的阳光，裁剪出一双翅膀。以翩翩起舞的影子，在一张纸上散步。

在一张纸上，我用萤火虫的光亮修好一条小路，让人世间所有的追逐都不再迷茫。路旁有晚霞挂出猎猎经幡，让所有途经的风，都有着虔诚皈依的模样。

用一树泡桐花，敲响暮色里的钟声，在迷失者的耳朵里，让经文静静地流淌。

在路旁的树枝上，挂起回忆里的毛衣，让遗落的故事沿着线头攀爬，寻找有你的踪迹。

在这条路上，一朵云曾为停留而化作雨水，一朵花曾为永恒而开到荼蘼。我亦曾为了寻到你，将所有途经的花香与溪水写成最美的诗句。

待寻到你，我要用松烟将你描画成书生模样，安排一朵莲和月光在你翻开的书页上相遇。你手指触摸到的地方，正是我的心跳，在你眼神停歇的地方，化作千千万万个韵脚。

就让一首诗，安排一场纸上相遇。

让明天与今天再见，过去与未来重逢，让花朵在雪中绽放，色彩在绿里皈依。

让一切想见的，都可以再见。一切留恋的，不舍的，都会重来。

夏是素心人

想要写写夏天，在被一片片绿染满眼、落满身、扑满怀的时候。它像一支在春天潜伏已久的浩荡军队，以不可阻挡的姿态，将所有看见它的人，重重包围。没有反抗的余地，所有热烈的喧嚣的挣扎的，在这一时刻，只能束手就擒。

黑暗至极，便会明亮；色彩浓烈到极致，便成素色；喧嚣至沸腾，便会归于静止。

夏天在春的繁华绚烂之后，静成素心人。

恍若一匹奔跑了三千年的白马，终于抵达自己梦中的河流。临水照影，却照见自己的前世今生。那嗒嗒马蹄在空中溅出的印痕，停留在少年的第二颗纽扣里，所以每个在尘世间踏出的脚印，都有着难以抚平的热烈与迷惘。

那本是一个少年该有的模样。

而夏天，更像是一个遁入空门的僧人。他从九丈红尘披雨而来，在青春的躁动之后，甘心归于平静。他用一场场世俗的风雨，将自己清洁到不染纤尘，然后以观照草木生长的方式，加持自己的修行。

阳光炙热，他撑开碧绿的枝叶长成流动的湖泊，在暴风雨到来的前夜，他负责清洗所有的云朵。夜蝉躁动，他会把白日里收集的光线谱成曲子，让那些无处安放的喧嚣在此寂静停歇。在蛙声中忙着耕种的时刻，他会扯下一缕缕凉风清洗荷塘里的月色，让清秀的月亮长成一朵莲的骨骼。

然后他会像所有僧人一样，在孤独中，朝着心所在的方向——朝拜，在浮华里，用拈花一笑的修行普渡众生。

夏天，也像一个人的寂寞，是寂寞凭空举刀，却怎么也削不断的轻愁。那种淡之又淡的愁，是傍晚农家飘出的一缕轻烟，你看见，会有淡淡的欢喜、稳稳的心安、轻轻的怅惘。

在整片整片的绿里，夏天开始沉默。世人不懂，单调的颜色是他隐世独处的方式，是属于他自己的修行。他用更多的时间，与自己的内心对话。

他截住途经的风声，摇落所有的花朵，将风一段段安置在山野里所有的植物身上，用寂寞盖上邮戳。等到阳光开始投寄，在这些植物的身体中，会有寂寞——发芽。

这种寂寞，让所有的植物变得有觉知且清醒，它们不再追求色彩绚烂，而是安于同一种颜色里做好自己。它们穿着同样的衣服，却生长出各有风趣的灵魂。

在这种近乎无法独特的寂寞颜色里，它们却用自己的灵魂，喂养出独特的精神骨骼。

而夏天，正试图以这样摧毁绚烂的方式告诉世人，万物本没有分别。

他在用漫山遍野的绿，修筑着一条只能孤独前往的道路。这条路的终点，是寂寞的空城。

追求繁华的灵魂，将永远无法抵达。

山静云闲

午后的光线铺设好宣纸，我在阔大的地板上提笔写诗。隐于山谷中的日常，一分一秒，皆如散落在院子里的光线，自然熨帖，没有一丝刻意与敷衍，无须费心照料，也能够安静如昨。

意识在头脑中自由流动，没有障碍和曲折，也没有诉求和祈祷，它经由内心的时候，只留下诗性的印痕。这种时候，总会有想要写诗的冲动，抑或画一幅画，在一张纸上或者一缕光线之上，与自己内在的声音对话，直到将静物画出声音，将喧嚣写至沉寂。

所有内心想要到达的地方，一支笔便可以安静抵达。

午后的时光，是一场静默的哑剧。也无需言语，灵魂所能到达的地址，言语并不能够企及。

甚至也无须我提笔。只需安静地坐在窗前，目光所及之处，自会有图画与诗句争相示现。

后山上的槐花香，将小院包围，养的几只鸡，早已沉醉其中，忘记生蛋。它们整日微醺的姿态，在泥土上抚琴吟诗，时而偷偷埋下几粒鸣啼，等待一首音乐发芽，动情处会将自己幻想成天鹅，扑扇起翅膀翩翩起舞。

春天亲手栽种的蔷薇开始含苞，在风中跃跃欲放的模样，像一个个诗人摇头晃脑酝酿着诗意。或许在某一天，花朵绽开的时候，会有千年前的诗句坐满叶、满枝、满篱笆。

露水、烟岚、山影、云朵，极有可能已经被一颗颗花苞收摄住魂魄，所以在等待花开的日子里，总觉得有一些美好的事情将要发生。

木阶旁的马齿苋，以狂野的姿势寻找着与大地联结的方式，它们匍匐在地，以朝拜的姿态俯耳倾听。它们将所有可以奉献的香与暖，花朵与汁液，向上高高擎起，试图用抚平世人伤痛的方式，交换到泥土里掩藏的秘密。

当这些小秘密因执迷而生出翅膀，刚刚蜕茧而出的蝴蝶会在此隐藏身世。

矮墙旁，有三百种鸟鸣，种下一排排笛声。每个清晨和日暮，会有洗耳的清音悠悠响起，燕子闻声赶来筑巢，蚂蚁在木制平台上闻经打坐，屋檐下的郁金香涂抹好胭脂，等待含苞。在一种寂静入骨的氛围中，石头会敲起钟声，牵牛花感动到流出泪水。

手指触摸到老木桌纹理的那一刻，目光停滞下来。分不清眼前的一切是眼睛所见，还是这些形同虚设的场景，借由我的手指向上攀爬直抵内心。

眼前似有幕布缓缓关合，我又看见一碗碗云朵在远山上掘窝安家，松柏上的雪迅速融化，只一眨眼的工夫，山峦织出翠绿色的丝绸，柔润的色泽由浅至深渐渐蔓延，直到天边。眼前的幕布突然聚合，绸缎里织出一片月亮照亮天空与山峦。

当炊烟缓缓升起的时候，亲手栽种的银杏正在暗自吐芽……

在野

车子在高速公路上奔驰，窗外的山脉，云朵，村庄，刚刚注水的稻田……在一个瞬间闪过，像一场幻觉。

这个场景，和人生中曾经历的无数个片段是那么相似。

和过去的所有一样，都会成为过去。

想起《金刚经》里的一句："一切有为法，如梦幻泡影，如露亦如电，应作如是观。"

如梦幻泡影，如露亦如电。

原来眼前所有的一切只是一场虚妄、一场幻觉。那些用力凝望想要留存在记忆之中的画面，那些曾紧紧攥在手中、藏在心中舍不得遗忘的过往，那些热烈的爱和盼望、恨或绝望，皆如梦幻泡影，会成为过去。

或者是说，当下所有的一切，都只不过是"过去"的短暂示现。

窗外快速交错又重叠的风景，让我陷入长久的沉思。想到了"庄周梦蝶"。

这个时刻，我不知道自己是梦中的人，还是这繁华绚烂、又苍凉空洞的世间本是一个梦。

人生若梦。

我该怎样来过这样的一生呢？在这种时刻，我会问自己。

虽然我知道，这也是一种执着、一场虚妄。

"如果可以选择生命的种类，我愿做一朵山谷中的小花，在野地里，沐风醉雨，吮露凝霜……"曾经写过这样一段文字，对自己是有过这样的期待。

"如花在野"，在野，只是读着这两个字，便觉得生命中某些被束缚的欲望获得一种舒展。是一种无所顾忌的释放、一种无所畏惧的自由、一种无视世俗的目光，敢于突破限制进行"天问"的勇气。

是的。我要活得像一朵野外的花。哪怕会随季节枯萎，但我依然要认真体会发芽、含苞到开花的过程。

在野，不需要外在的关注和评判，不需要去问路过身旁的人是否喜欢，甚至也不需要去思考活着的意义。只是那样任性而为地，不管不顾地，认真地绽放。

一切那么自然而然，像雨水过后，小草就会发芽一样，不牵强，不刻意，安静又美好。

从我们身旁经过的人，哪一个不是生命中的过客呢？

如花在野地生活。无有期待，无所畏惧。生命中便多了一种坦荡，一份从容。

在野，像乡村傍晚升起的一缕炊烟，有风来，它便作弦，请羊群里的铃声来弹。琴音会落成乳羊的叫声，在夜色赶来之前，牧羊人会将炊烟谱成动人的曲子。

雨来，它便化作烟岚，绕青山，拥鸿雁，在觅食小鹿的脚印里，静坐修禅。

抑或做山谷中被遗弃了的老屋，任窗外杏花、梨花、杜鹃花把我包围，封锁所有的来路。到了夜晚，若我想提灯巡山，自会有松风撑船，月光摇橹来渡。

或者就做一缕野外的香，可以任意钻进某声虫鸣里，去听听季节的旋律，把所有的石头、溪涧与河流统统谱成夜曲。若和另一段香，如两个音符在琴弦上相遇，我便放下所有的执着和妄想，所有的追逐和回望，远随流水香……

第三辑　我的灵魂落满露水

我想和你，虚度时光

我想和你，虚度时光。管它怎么过呢，和你一起就好。

偷一朵游云，别在耳畔；剪一缕春风，种在花前；煮一碗月亮，作案前清供；种一池荷，旖旎蜻蜓的翅膀……或是什么都不做，任夕阳笼起我们的身影，让远山雄壮你的胸膛，初熟的樱桃爬上唇，一开口，五十弦琴瑟悠悠响起……

春来风起，我想和你一起，追山风。你温热的手掌捂暖冰冷的大地，我娇羞的眼神催开温柔的花朵，从河之湄奔跑到山之巅，从松香谷奔跑到桃花扇。

动人的情话被山风偷了去，被它当作千千万万颗花籽，种在泥土里。我们刚停下脚步，听到山花爆满，荡起迷人的笑声，一粒粒，一团团，漾满山。

雨过云起，我想和你一起，捉流云。你轻快的脚步踏响满山的歌声，我明媚的笑靥捧起银白的月光，从《诗经》里的河之洲畔，到女词人的藕花深处，从巴山的秋池夜雨追到红木楼小轩窗。

我写的情诗，被流云捉了去，误以为是我写给它。扯一匹晚霞遮挡羞红的脸颊，却遮挡不住它奔涌跃动的心跳，燃烧起遍野蒹葭。

我更想和你，如风停云，坐在老杏树下，采花影。风吹，影落，我们都不说话。任片片花影，落满发，落在额，在颊，在鼻尖，在唇，在心心念念，落啊落。落到时光染成白发，落到眉毛里长出故事。

你在我明净的眼眸里，轻轻，又轻轻地穿起杏花衣，似少年模样，从江南烟柳画桥，身骑白马奔来。

我还想牵起你的手，在深秋，去拾起一片片落叶。叶子在老枝上抚琴，抚起十里荷塘的涟漪，一圈圈水波纹，急着映下我们的影。你的心跳在琴弦上跃动，狂热、绽放，又簌簌落在我心里。我用一袭白裙，盛满金黄的叶子，在有你的地方，建一座房子。

我想和你，建一座房子，在种满桃花的山谷。花香围篱，细雨敲窗，我们深情地对望，是月光温暖的土壤。院子里，要养一个小荷塘，为的是，在素常的日子里，可以看风行水上，勾走涟漪的魂儿；看雨落荷塘，淤泥长出翅膀；看七月的莲叶，裁剪鱼儿的衣裳；看你迷人的目光落进池塘，长出满院的月亮。

我想在这样的小院里，和你守住时光。春天，采鸟鸣种花，杜鹃、鸢尾、蔷薇……种满院子；夏天，织薄雾为纱，幽游远山的、停在树上的，统统裁剪回家；秋天，听叶落吟诗，我们将落叶一片一片夹进书里作书签，很久之后再翻起，依然有今时的暖阳；冬天，燃起炉火煮一杯暖茶，看热气蒸腾，一寸寸爬上窗子，时光像玻璃上的水汽，仓皇逃走，而我每每回望，你都坐在身旁。

我想和你，就这样虚度时光。纵然世外人事苍茫，又怎样呢？和你一起，我无惧前路动荡。

只要此刻，牵在我手上的是你温热的手掌，这便是爱情最美好的模样。

忽有风来，拂乱我的长发。你看着我，宠溺地笑了。街角卖豆浆的小店，冒着热气，我们站下来。只是看着，不说话。交换的眼神落下去，在路旁开出花来。

对你的念，是我最卑微的身世

我从宋朝来。

我是东坡笔下一滴未干的墨，被潜窗而入的月光掳走。从此，与他、与砚、与痴绝的旧笔，皆化作银河九天里的旖旎。夜半风起，身世成谜。

再回首前世今生，相思成疾。缘聚缘散，只盼佳期。

我裁云为裳，沾露梳妆，将自己打理出世外的模样。为的是浓雾掩目时分，以一朵云的身份，驾风潜逃。

风行八千里，追寻一个字的踪迹。

一路上，途经小桥流水人家，又见古道西风瘦马，我一一寒暄，上下打量，再从一首词里启程，不问夕阳，不顾悲凉。

不顾沉鱼落雁鸟惊喧，不顾羞花闭月花愁颤，我寻遍了纳兰容若的古籍，翻遍了仓央嘉措的诗句，都不见。

栏杆拍遍都不见。

却仍是驱风沐雨三百年，痴痴复痴痴，将洪荒踏遍。

又一年，春风拂卷，梨花满天，终于在一本遗落的《东坡词》里，与我前世的知己再次相见。

为了这次相见，墨等千年未干，字恋千年不变。竹门洞开，清风徐来，尺素之上，挥泪缱绻。

既见君子，云胡不喜。愿意用你的名字，做我此生的姓氏。

方惊觉，对你的念，才是我此生最卑微的身世。

我甘心放下一切追逐，用一生为你停留。

不念烟火浮华，不畏满面风沙，前路迢迢，山长水阔。我愿意做一滴永不风干的墨，静待在冷冷的砚台，在诗人写出你的那一刻，润出你清秀的轮廓；我愿意化成一缕暗香，缠绕在写出你的笔上，在诗人停顿的瞬间，温柔你倔强的骨骼。

你仍是千年前令我痴迷的字，是俗世里我最顽固的坚持。

富贵荣华皆可抛，愿不负与你共度暮暮朝朝。

愿和你一起，随东坡竹杖芒鞋，走回千年前的宋朝。

待回到宋朝，我们以东坡的诗稿结庐而居，花覆茅檐，影开窗，疏雨相过，松风和。将一方宣纸，开拓成喜欢的院子。云围篱，自在欢喜。

大门外，要种一排老银杏，等秋天。等秋天落满地的金黄，听东坡的脚步拨弄出浊世里的清音。然后捡拾起叶片的纹理，织补出不染风尘的羽衣。

你将秋风于落叶上泛起的涟漪，编辑入册；我将叶子在空中旋转的舞步，写进诗集。

在素净的时光中，默然相爱，寂静欢喜。

在院子里，我将采回《诗经》里的字句，做我田园里的种子。日日研墨施肥，夜夜挥笔松土。年年复年年。这样的种子一发芽，便有着惊心动魄的美。长出的标点符号，会有一首诗的样子，开出的每一朵花，都像你。

山风拂浪，日月作桨，生活的小船终是划去美好的方向。

晨起沐浴熏香，夜幕吟诗斗酒。寒时围炉烹茶，暖时摇扇纳凉。岁时依旧，你我相安。不望未来，不念过往，有你的日子，我甘愿此生寻常。

你是《诗经》里的一个字

想给自己写一封信，不为别的，只为在深夜一场场梦中，有一份灵魂诗意的契约可握，便会觉得梦里到不了的远方，在一封信里都可抵达。

标题也想好了，就叫作"你是"。

你是拂过荷塘的晚风，奔跑了八千里依然裹挟着荷香不放。你将一寸寸的香在大地上铺展，等着一场雨来赴约，研墨挥毫，点点滴滴的涟漪上，开出一朵朵洁白的睡莲。你便可在一朵睡莲里落户安家。

清晨的露水里，你沿着湿漉漉的草径继续奔跑，你的脚步落在一滴滴露水上，像诗里掉落的一个个字，终于找到了散落千年的一首诗。你将树梢上掉落的一缕缕熹光——拾起，沿着炊烟蜿蜒的路线，送进小村里，送进一扇扇木格子窗里，照在婴儿卷翘的睫毛上，他一眨眼，有水灵灵的诗句掉出来。

你是心底那颗朱砂痣里长出的白月光，穷极一生只为将村子里的黑夜隐藏。在春天，你会等在所有的路口，为每一株赶着去发芽的小草引路；你会忙着照亮花开的方向，等着露水撒欢地打滚，将太过清寂的小村染上十里红装。

在夏天，你是大树藏不住的秘密，泻下满地的影，为泥土织衣裳；你是蹁跹白鹭追逐的方向，在葳蕤的芦苇中，安放一丝丝忧伤；你是花苞为春枝戴上的戒指，天一亮，你收好嫁妆，百花齐放。

在秋天，你是在风中摇曳的金黄稻穗，在鸟叫蛙鸣里种一缕缕稻香；你是天空结出的种子，能在叶落的季节，为每一棵孤单的树温暖疗伤；你被渔灯散作满河星，挠着一朵朵浪花的痒，听见河水在笑，在时光的岸上。

在冬天，你从蜡梅的花苞里潜逃，奔三十里夜路，只为等一场初雪，映出你纯洁不染的模样。你念着会被某个打雪地里走过的诗人拾起，在第一场初雪时与你惊鸿相遇。幸运的话，被他装进胸口的香囊，在无数个夜里，你安睡在他的怀里，听他浅浅的呼吸，为你吟诵着《诗经》。

你是《诗经》里的一个字，被三千年来的诗人念念在唇，每一个标点符号都是你与众生结下深深的缘，在一条条诗路上默然相认。

你天性桀骜不驯、放荡不羁，你知道自己是被采诗官抓进《诗经》里的一个字，便一心计划着潜逃。

你从三千年前骑着西风瘦马出发，逃到陶潜的篱笆院里赏菊喝茶，他为你戴上斗笠，你为他披过蓑衣，你坐在他晨间挥舞的锄头上，与一株株豆苗欣喜相遇。你是多么享受此刻的时光，多想用一千年的修行，永远留在这里。

可岁月的水车不留情地轮转，梦中的陶潜也离你而去，于是，你继续开始逃跑。

走过了三千年，你依然在逃。从兵荒马乱的俗世潜逃，从尔虞我诈的名利场潜逃，从烟火繁华的奢靡地潜逃，你多想再寻到一片梦中的桃花源啊!

　　在那里,你依然是一个小小的字,在蔷薇把篱笆开成花墙时,你就那么安稳地坐在一团花影里。身旁有一个书生,刚一听到他翻动《诗经》的声响,你便跃身跳进去,在他指尖抚过的一行里,心安地落座,开成一朵花的模样。

思念，是深夜里醒着的窗

佛语有言，人生有三大痛苦：怨憎会，爱别离，求不得。当我们深爱着一个人，到最后却不得不分开的时候，便会懂得求之不得的痛苦。像深陷一潭令人窒息的沼泽地，越努力忘记，却陷得越深，越不敢提及，却时常念起。

那一寸寸的念像刻刀，任我们拥有多么厚实的皮肤，也堆叠不下一刀一刀刻下的伤口。疼痛很真，却抵不过心底那个名字被轻轻念起。余生很长，却长不过思念。

思念，是会呼吸的痛。彼时的风有翅膀，裹挟来整个深秋的忧伤，而你因思念起伏的呼吸，像要被数不清的落叶深深埋葬。那一呼一吸间，尽是曾经无比温暖又熟悉的气息，此时你浸泡在湿漉漉的回忆里，心底生出苔藓来。

思念，是你踩在初雪夜里深深的脚印，那咯咯吱吱的脚步声，像你急促而慌乱的呼吸，在你的身体里咔嚓作响。是思绪里横空而出的劫匪，让你在写满荒芜的草纸上，携稿潜逃。是在苍茫的雪夜里，你对着空荡荡的山谷拼命地呼喊，却劈面迎来一场雪崩。

思念，是在空空的房间里，到处可见他的影子，坐着、站着、笑着、闹着，那哭声和笑声依旧那么真实。而你只能坐着，动弹不得，任泪水灌满胸口，你不敢出声，怕一声叹息都能将他的影子惊醒跑掉。

你看着他用过的毛巾，密密匝匝勾勒的线，足以勒紧你呼吸的思念。一针一线里都有他的影，在你的回忆里毫不留情地肆意奔走。

彼时你像一头在林中迷失方向的小鹿，看到如千军万马般赶来的野兽想要将你吞噬，而你却一动不动，好似等待着一场重生的救赎。

思念，是一只在玻璃瓶里的飞蛾，拼命地撞向有光亮的一面，不顾身体碎裂般得疼痛。你以为拼尽全力就可以赶赴的约定，其实只是一场只能感动你一个人的演出。

思念，是令回忆结冰的冬天，你踉踉跄跄走过四季，不看华枝春满，不顾稻田荷香，不理秋风扫落叶，只为在大雪飘飞的季节，将一段段冰冷的回忆深深雪藏。

当撕心裂肺的思念在阳光下结成厚厚的茧，当心中一寸寸伤口在漫长的时光中结痂撒满了盐，当一件他用过的物品再也不能掀起你回忆里的波澜，当我们懂得再痛苦的今天也会随着明天的日出止步不前……我们终会在人生这本厚厚的练习册上熟悉所有的习题，我们终会懂得，思念不过是回忆里两个人的狂欢，安慰不了一个人的孤单。

我们亦不能在主角是别人的戏里，坚持太久自己的表演。那么就给思念以时间，给热烈以冷淡，给一段不属于自己的句子画上漂亮的句点。

然后你便会发现，一个人也可以过好春天，一个人也可以走向永远，一个人也可以再遇到另一个人的温暖。你会发现，时间才是最神奇的药，能治好你所有的伤。

最终，曾经痛不欲生的思念会变成深夜里醒着的窗，在你无眠的夜里，照进一束温柔的白月光。

我的灵魂落满露水

　　阳光穿过窗上的木格子，影拓在案前空白的宣纸上，借我手中的笔，修缮出一条条小路。

　　路上似有一个个精灵在跳跃，重逢抑或相遇，碰撞的刹那，零落在尘的前世今生，被一束束光柱收摄。转而又落在一把百年的老椅子上，极不甘心似的，倾诉着什么。

　　这把椅子早已被百年的时光包了浆，温润如玉，静成一副老者模样。任那光在它身上搜索、辗转，在它的皱纹里拨弄出沧桑的历史，它仍不动声色地静寂着。

　　忽又落在椅背上"明月"二字，就仿佛有几百年的月光透迤而来，在我的心底漾出涟漪，在我的眼中泅出水泽。一瞬间，恍若穿越到另一个时空里，记忆在明明灭灭的光影中交错、分散，又聚合。

　　桌岸上的熏香，勾魂儿似的萦绕着，像一场梦，是往事的地址。有风悄悄来，将案上的书翻开一页，我愣愣地看着。听风忽已晚，翻过去的或许不是书页，而是我的前生。

在前生，或许我就是这把椅子的主人，抑或是坐在这把椅子上的读书人。

在某一个痴心读书的夜晚，书中一声驼铃响起，我的灵魂被一张椅子封印。

于是寻寻觅觅，百转千回，用一生又一生的时间，千山暮雪地寻。

而盼望的，终会相遇。

我终于在今生，在一把老椅子上，修成一个采花人。

我在《诗经》的蒹葭萋萋中隐居，在白水绕涧的空山结庐，在一枝老莲蓬里步月，在采莲女的摇橹声中结茧围篱。

我在一首诗中采集明月和花籽，在一首曲子里吟唱荷塘和清风，在呦呦鹿鸣里用轻轻的鼾声织出锦缎，在八大山人的草亭里收集他的墨滴与孤寂。

我知道，我和一窗白月光，只有一念的距离。

所以，我独自往深山，在千年古刹里，在老和尚唇间的经文里，在我手中的木鱼声里许愿，愿意一生做个采花的女子，做一些让这个世间变美的事情以修行。

那之后，我常常在第一缕炊烟升起之前，用轻快的步子去踏响空山的回音。用我的呼吸擎起飘落的桂花，用我的手掌抚摸马蹄莲上的露水，用我搜寻的眼神将熹光谱成一曲禅音。

用我温柔的怀，抱回小鹿遗落的脚印。

然后，我将它们，连同我对这个世界的深情，种在茅屋村店旁，种在山野小路上，种在城市璀璨的夜色下，种在羊群回圈摇落的铃声中，也种在孩童奔跑而沸腾的笑声里。

等到十里春风赶来，它们便会噼噼啪啪地发芽。它们会长成一棵棵花树，在我曾走过的每一个地方。哪怕在烟尘迷蒙的城市里，依然有一颗颗诗长成的果子，喂饱那些曾因饥饿而空洞的灵魂。

在我采花的身影里，在我身后一串串脚印里，千百年的诗歌爬上我的身体，长成我的骨骼。终于，在采完最后一朵花的时候，我的灵魂落满露水，轻成一朵花的重量。

一个人的朝圣

　　我向往着生命中能够有一次这样的朝圣：从青春未完的诗稿里出发，走过一声惊蛰煮沸的暖茶，走过一场谷雨播种的松花，走过一声秋蝉唤醒的月亮，走过红泥小火炉里温热的老故事。最后，在一碗酥油茶喝老的皱纹里，在千年古寺的钟声里，在经幡猎猎的山风里，终于抵达。

　　我要跟在披着红袍的僧人身后，在轮回的长路上磕十亿个响头。哪怕风雪交加、寒风刺骨，膝盖上磨出厚厚的老茧。哪怕白露携来所有秋霜将我冻僵，时光在我脸上写出动人肺腑的诗集，我依然匍匐着向前。

　　我要将前世和前世所有的坚持，淹没在朝圣的路上。我要用血肉模糊的额头擦掉你刻在三生石上的字迹，就像我从未有过记忆那样，一如我从未遇见过你。

　　我还要将来世和来世里所有能够遇见你的因缘斩断，在手中起舞的转经筒里更改宿命。我要用十万朵花的名字换下你刻在我脑中的样子，来生，不再遇见你。

因为遇见你，我会自觉卑微到泥土里。哪怕我是天上的一朵云，曾被风追过八万里，也不及你；因为遇见你，我会像一支旧笔，痴缠在墨的涟漪里，就算我本是那个最漂亮的字，长在王羲之的魂魄里，美好，也不如你。

因为遇见你，我会像诗人那双灼灼的双眼，痴迷在一首诗里，一眨眼，辗转十个世纪，在所不惜；因为遇见你，我会迷失自己，可恶的是，我竟会那么甘心情愿地迷失在你的名字里。

所以，走在朝圣之路上的我，不会再停留一秒，我要拼尽余生，用尽所有力气忘记你，做回自己。

我要做经幡下面那株狗尾草，在酥油茶的香味里摇晃我自由的身躯；我要在每个月圆的夜里，用弱小的身躯，写出旖旎星空的诗句；我要将经文里的字，在身体里结出种子，在春花冬雪的四季里，从不改变自己的样子。

我要做山谷里奔腾的小溪，在松风煮酒的故事里，饮醉自己的执迷；我要跃过柔软的绿草和干枯的老树，给它们以妥帖的安慰；我要喊住流云和疾风，请它们饮茶休息；我还要化成薄雾，为大山穿上阻隔尘世的衣衫，然后在一张古琴上，拨响空山里的清音。

我要做古寺外萦绕的一缕禅音，用灵魂弹奏出动人的曲子。我要努力感动每一粒种子、每一朵花、每一棵大树、每一棵树上的小鸟，以及每一片土地里的虫子。甚至尘埃和蚂蚁，观众和小丑，天使和会唱歌的猪猡，甚至炮弹和弓箭，屠夫和刽子手，统统都要被我感动。

终于，当格桑花开遍山间和田野，当经文在人们的口中川流不息，当老和尚的木鱼再次温柔响起，朝圣的路上会挤满匍匐的头颅，像我一样，甘愿忘记前世与来生，做回自己。

愿你所有追逐，不负一场遇见

　　樱花不负春风的追逐，为一捧香，将山野开遍；冬天不负秋天的追逐，为一场雪，将月光染白；大海不负黑夜的追逐，为奏响一缕清音，将浪花掷碎；苍老不负青春的追逐，为一段回忆，将往事搁浅。

　　而我，愿一生所有的追逐，都能够不负一场遇见。

　　喜欢静夜时分坐在海边，衣裳里灌满风的孤独，彼时身体是一个乐器，等着海浪姗姗来弹。我要听一曲风牵着月光，在海面流浪。我会看见，星星在海镜里散步，摊开一首首聂鲁达的诗。

　　那样的时刻，黑夜是人间剧场里的守更人，隐藏起形形色色的面具，所有喧嚣的表演不得不沉默。海鸥睡得正酣，偶尔打一个喷嚏，掩盖住世间兵荒马乱的脚步。

　　我听见身体里响起热烈的掌声，是每个细胞里都被喜悦填满，在庆祝灵魂的凯旋。

　　也喜欢在夜里爬山，听脚步在暗夜里奏响大地的和弦，看夜虫唧唧在草木间不安分地眨眼，拾起草芽上新落的露水编织成少女头顶的花环，拥满怀的山溪，为守候茅屋的蔷薇庄严地冠冕。

那时候，山风在我的身体里流成泉，花影撕开黑夜荡漾在我眉间，云追着我，在我的头顶撑开下雨的伞，每个落在身上的雨珠儿都像一个调皮的孩童，在我的身体上涂鸦出刚发芽的春天。

一刹那间，十万朵荷花，闯进我的眉眼。

我喜欢安静地坐在一个花骨朵旁边，看着它浅浅的呼吸，静默地舒展。熹光在它的蕊中苏醒，暮色在它怀里缱绻，溪涧在它耳畔吟诗，云朵为它沐浴焚香，听闻它忽地一拆包，露水睡去，夜静下来。

而我，依然贪恋地坐在它身旁，走进它酣睡的梦里。在它的梦里，我轻盈如蝶，每一个蹁跹里，有一朵花的香，那是我的梦，曾经它在难以触及的远方。

我想要跳上一艘风作的船，逃进大兴安岭的林海雪原。要用最纯洁的脚印，写成你念念在唇的词。我要去追寻一头小鹿，将它奔跑的模样，画成白雪里一朵初绽的梅花。让雪花循香而舞，将欢快的舞步种在干枯的枝丫，等春天来，一排排笑声在林海里发芽。

我不必说，雪原里的一切，就像我无法表达自己变成一片雪花时的雀跃。我会跟随刺骨的寒风到温暖的南方旅行。我会落在一个老僧的木鱼旁，听他诵读《心经》。我会落在鸟鸣的旋律上，等它将我谱成撞响山泉的曲子。我会落在猎人的手上，使他再也举不起那瞄准小鸟的枪膛。

我于这人世间所有的追逐，只是为了让灵魂到达它想去的远方。不谈欢喜，不谈忧伤，甚至也不必谈什么梦想。

如果灵魂可以照见辉煌的殿堂，候鸟可以不必飞去远方，那样我所有追逐都会是生命与性灵的寒暄，定不负今生一场遇见。

炉火，是一段长长的旧梦

壁炉里的火，将夜晚映成梦境，椅子上被光线拖长的身影，是被谁窥见的，一个长长的梦。

这时的房间，安静如往事。

房间里所有的物品，是一封折叠整齐的信，等着月光来寄。

月色与炉火，炉火与旧梦，在不真实的相遇中，演绎着前世今生，某些被遗忘几个朝代的故事，在炉火与月色中被记起。

跳动的火焰里，听见诉说的声音。

光与热中，夜色被煎煮稀薄。月光被火苗裁剪，一片片，一沓沓，在梦境里，铺设出虚虚实实的道路。

白色的墙砖在火光里做起悠长的梦。整面墙壁是它们梦中的旅途，也是它们现世修行的道场。火焰跳跃，经幡猎猎响起，它们摇转手中的经筒，转而俯首朝拜。

有经文在墙壁上示现，默默寻找的人依此可以找寻到皈依的地址。

翻开的书页上，字句抖动起翅膀，跃跃欲试。像听到灵魂深处的某种召唤，在光影铺满整个书面的时刻，赶赴三千年的道路终于走到终点。

房间中的一切，被壁炉里的火披上暖橙色的僧衣，像走在时光之外的修行人。露水沙沙，落在玻璃窗上，苦难的众生朝着有光的方向声声祈祷。

一窗炉火，是暗夜里最慈悲的救赎，而被这种光亮照耀到的每一个人、每一件物品，都将在火焰熄灭的时刻，获得永恒的爱与解脱。

屋檐下的花朵，在地板上投射出长长的身影，花影寂静地叠合在翻开的书页上，缱绻在我的皮肤上。像某些游离的魂魄在寻找着什么，一段前世的记忆，一段未知的旅程。或者花朵本是炉火的前身。

要有多深的执念，才能让凝露的鲜花甘愿燃烧成火？曾有过多少次的追逐，也如一朵花的奔赴，如此决绝？

将手中的书页轻轻合上，不忍惊到一缕在此修行的光。我深深懂得，一个字、一个标点符号皆是一束光的道场。起身将书放回书架，像安放好一段心事。

恍然间，北窗忽飘雪。寒与热在玻璃上相遇，雾气挂帘，将窗外的一切围笼成不真实的存在，似乎是一种刻意的阻拦，阻拦着一朵花虔诚地寻找。

花朵在雪中支撑起坚挺的骨骼，倔强的灵魂用拒绝枯萎的坚持，进行着一场天问。

它似乎忘记，屋内的一切，只是炉火用燃烧自己的方式做着一个长长的旧梦，本就是虚空一场。

窗外的雪，不依不饶，像一种刻意的惩罚，落满花蕊、花瓣，淹没花茎，枝叶，直到它渐渐低头、蜷缩，默不作声。

玻璃上的雾气越来越浓，只有模糊的光线投射出来，映照在雪地里，包裹在雪中花上，似一种亏欠的安慰、迟到的重逢。

　　停留在窗台上的夜莺忽然开始鸣叫，是有浓烈的花香悄悄潜入。在一场梦境里，在一场影与形无声的对话里，虚无的却成为永恒。

轮回

河岸旁挤满了人，或坐或站。在密不透风的人流中，几头牛依然可以如船只劈开海水，悠游其中。

它们有着神灵巡视人间般的威严，目光中透露出一种诡异的宁静。与它所在的环境，极不相称。

这种极致清冷宁静的目光，像一种不能够被提前告知的预言，在某一个确切的时间到来之前，只能任由人们无畏地雀跃或是不安地躁动。

上游，清晨的雾气在水面上涌动，有女子站在河流之中，双手擎着新生的婴儿，等待着第一缕熹光的洗礼。一个母亲，将所有的期盼所有的爱寄予在阳光与河流之间，她信任它们，如同怀中的婴孩那样信任自己。

伴随着太阳升起，女子的脸上有花朵绽放，她俯首亲吻怀中的婴儿。她用长长的睫毛，过滤掉生命中所有的苦难，她将深沉的爱与祝福，借以熹光生出的翅膀，背在孩子的灵魂之上。

水草自由摆动，用自己柔韧的身躯祝福着孩子的一生。河岸旁响起的笑声，流淌成另一条河流。

下游，暮色四垂，太阳渐渐落入山坳。河流上呈现出一片寂静的黑。像深不见底的泥潭，让人不觉打起寒战。

伴随着悲痛欲绝的哭泣声，停留在岸旁的肉身开始燃烧。火光在天空中形成巨大有力的旋涡，仿佛带着势必要毁踪灭迹的怨怼，让尘世间曾发生的一切归于无形。

或是用剧烈的燃烧在验证，一切对有形的追逐皆是虚无。

一团团耸入天际的火焰，在河水中黯然流淌，被放逐的灵魂开始重新踏上漂泊的路途。

河流中的石头上，有修行的瑜伽士在打坐，他们以植物的姿态面对着人世间。奔流的河水是人们心中喷薄而出的欲望，载着新生和死亡，重生和毁灭向前流动，而端坐其间的他们对这一切毫不知觉。

太阳升起或者落下，月光照耀或者隐退，他们并不在意。他们在自己的心底已经开拓出一条平静的河流，他们用固执的宁静已经建好一艘无畏风浪的船只。风拂在发梢，便是他们用灵魂撑起的桨，将自己渡到彼岸。

这是一个梦境。在梦中，我以一粒微尘的视角，审视着一切。

与一个梦境相遇，也并不是毫无来由。我想它可能隐藏着某一世的身份，无从辨别却渴望相认的、孤单的身份。

从梦境中醒来。站在雨中。蔷薇的花苞凌乱得不成样子。我想它们是动了情。轮回的路途，永不缺乏追逐的脚步。

风在我的手指上打成结，所有的花朵开始失去记忆。

我站在风中的身体像一张摊开的信纸，血液流动其中，写着最深情的字迹。但一笔一画，渐渐被雨水冲去，直至了无痕迹。

忧伤的眼睛里，那些深不见底的妄想一并被冲刷而去，恍若从未发生。

雨滴在碎花裙上交织，碰撞，碎裂，重新积聚。裙子上细密的纹理，是一条没有尽头的轮回之路。

走到时间之外

　　城市的霓虹像一种假象，在月光照不到的地方暗自生长。于是在某一个念起之时，决定出走。

　　从喧嚣的街头出走，走到没有路灯的地方。看见月光出现了，河流的光泽出现了，萤火虫出现了，大片的野草和花朵擎着露水一一出现了。

　　身影被月光拉成琴弦，血液中的潮汐起起落落，弹奏着曲子。

　　在清泠的曲调里，身体中的原野渐渐复苏。

　　春天便赶来了。承载着生命最初的期待，覆着婴儿般淡淡的绒毛，赶来了。

　　我坐在山顶远远地看着田野和村庄。树木在一夜间抽出新芽，用绿色将村庄藏起。河水急着赴约一般，快速流向远方。农夫赶着黄牛犁地，却故意似的犁开云朵。田野里、山坡上爆发出花开的声响，第一场春雨后的彩虹出现了，林中的鸟雀孵出幼雏。

　　此时蓬勃的记忆，像山谷中的野瀑，以热血的追求向年轻的身体致礼。

当荷叶托起一池涟漪，花朵在水中迎风而立，蜻蜓衔来夏天把月色灌醉，会有渔人的摇橹声悠悠响起。

时光变得缓慢，肆无忌惮的挥霍开始懂得收敛。

人们淡忘追求繁盛的路途，风开始失去记忆。

几乎一眨眼间，树叶集体掉落，光秃的枝干像一封被遗弃的信，永远找不到邮寄的地址。地面上的落叶，是一个个颓败的艺术家，在最沉寂的位置默默写诗。

而我，也开始忘记。

我忘记了被风吹乱的头发该怎样重新挽起。忘记了一首歌曲与青春的距离。我记不清蔷薇的花期，也不再知道炊烟应该飘向哪里。

慌张，畏惧，逃离。转过身的时候，白茫茫的大雪在我深深的皱纹里结成冰。手指僵硬，双脚笨拙，昏花的眼睛辨认不出花朵的颜色，甚至沙哑的嗓音再也说不出一句爱你。

恍然只是一场雪的时间，年华老去。

而我仍然坐在山坡上，并没有动。

我看见农家的炊烟和云雾混为一体，农夫在田野间移动的身体像一个虚空的影子缓慢游移，粉红色的玫瑰褪至泛白，云朵化成天空的蓝色，风推动山峦走进湖里，道路两旁的松柏披上暗哑的僧衣。

眼前的世界，是一个幻象，或是在我稀疏的记忆里裁剪出的片段。

当前一秒看见的事物随即遗忘，会不会有那么一天，找不到回家的路途，认不出爱人的模样？甚至忘记了自己是谁，从哪里来？到哪里去？

那时的我，是走在时光之外的旅人，没有起点，也没有归途，没有失落，也没有追逐。

繁华或颓靡、喧闹或静寂在我眼中再无分别，花开或谢、燕子去或来，与我也没有关系。甚至我也不再在乎阳光或阴雨、梦想与诗句。

一个衰老的身体，撑不起厚重的记忆。

而我要用一生的时间，才能抵达这一生皆是幻境的真实。

往事，是一片走失的月光

说起往事的一瞬间，突然开始老去。

这种突然，不可逃避。仿佛是走到某一条路的转角，在与途经的风景告别之前，忍不住要停下来，转身，用沉甸甸的目光做一次最后的搜寻。

眼神像一个强盗，将过往的风景搜刮到自己的包袱中试图积攒下来。但等到某一天，当你怀着期待的、颤抖的、跃跃欲试的温柔拆开包裹的一瞬间，才发现里面一无所有。

你有些失望，黯然，内心没有着落。但不会怨怼。你明白自己曾对一切必然的失去都做过同样的挽留。

然后那些永远无法挽留的故事，永远不会再有的相见，便成为往事。

往事，像一片月光那样轻，轻到你不忍轻易触及。又像流动的海水那般沉重，重到在未来所有的时光里都无处安放。

提起往事的时候，往往是在黑夜里。沉寂无声的黑夜，不会嘲笑任何人的自不量力。

你可以对着镜子梳理自己潜藏多年的孤独，可以闭上眼睛将手指伸进光滑的发丝里，幻想走进某个历史遗落的丛林。也可以什么都不做，只是坐到窗前，静成一缕风的样子，任一片一片月色在你的眼中积聚成河。

如果你敢触碰往事，请务必在深夜。

或是梦里。

梦是一个紧紧的拥抱，怀里皆是往事。

而往事，是梦的地址。当强烈的意识流动成河，便会载你抵达。

你重拾往事的身影是那样沉重，无数次压弯撑船的长篙，但梦境这个渔夫从无怨言，只是默不出声地，任寂静的涟漪在水面前行。

你凝望往事的目光，穿过无数条鱼的呼吸，像行走在一本本书籍里已经穿越几个朝代的字，那么自然，那么理所应当。一朵朵花影深情地划过你淡淡的眉毛，但你望向月光的眼神从未犹疑。

你知道，往事是一片迷路的月光。

今时的月光，因为载着往事里太多的片段，而不再轻盈。你试图以一个牧师的身份去为它引路。

你用歇斯底里直至沙哑的经文，揭开烟火繁华中的假象，让城市里的霓虹消逝光芒。

你用天使降临之前的乐声，在人间撒下密集的音符，让街道两旁整齐到无趣的景观树低头喟叹。

你甚至用一袭僧衣，铺展成浩荡无边的莲池，让所有彩色的花朵沐浴在一缸淤泥里直至洁白。

而在你如此虔诚的追寻里，往事仍然只是一片迷路的月光。

它听不到你拼命的呼喊，它看不见你模糊的泪滴，它永远找寻不到回归的路途，只能在越来越黑的夜里，以花火的身世出现，转而以幻觉的姿态沉寂。

作为引领者的你，作为追寻者的你，在这种幻觉里失去清醒的记忆。

你竟然像一片月光、一个梦境那样，在往事的怀里走失。

为花开配乐

想起你的时候，我会为花开配乐。你一定不知道，我亲手培育出的花朵里，装满往事的秘密。我亦不会说，每个清晨和傍晚，我都会巡视花朵。

鼻子贴近花蕊，再贴近一些，像走进一段往事里，闭上眼睛深深地闻。

那些深藏于岁月的故事，被花瓣包裹得紧紧的，不露声色。但我知道，只要耐心一些，就会有一段段如电影里切剪下来的片段，在本已模糊的记忆里清晰浮现。

那个时候，眼睛数着花，心里却全是你。

你就像一场盛大的花开，吞噬掉所有素淡的光阴。然后像盛夏里的绿，强势地、不留余地地侵占着我的岁月。

索性沿着蔷薇的藤蔓，翻过往事的墙。

在一场迷人的往事里，我愿意做一个乐器，为你的花开配乐。

无须开口，眼神相遇的时候，心已颤动成弦。

你口中说出的每句话、每个字都像花苞里的露水，在奔赴某个清晨的时候，落弦成诗。琴声悠悠响起，在浩瀚的情感里，白露和月光也只能作一段序曲。而你，一定是这首音乐的主旋律。

我会倾尽全力，吸引来三月的风和六月的雨，你一定不知道，从你含苞的那一刻起，我已经为一场花开深深着迷。

我愿意将身体中所有的脉搏、所有的心跳谱成曲，为你的花开配乐。

为花开配乐，我会请木兰的花香来弹。每一缕香都会落成音符，在你开花的路途中跳跃，那是一种指引，你不要拒绝。在木兰花香弹奏起的旋律里，有松风抱琴来和。

这种时刻，我只能做一个旁观者，如一个休止符沉迷在一段旋律里，那样甘心沉迷。

所有污秽的、功利的、不够天真的事物都会在这样的旋律里自动消失，而所有清风的清、白露的白都会在音乐开始时浮现。

我还会请溪水来弹，请山石让路，请云朵撑船，请一树树鸟鸣挂起指引方向的经幡。让流经山谷的溪水载来秋天的落叶，用叶片上细密的纹路编织成网。那之后，所有相遇的故事都不再逃走，所有心动的时刻都在此停留。

一段溪水奏出的清音，让我的心跳都变成情话，只说给你听。

或者，我也有可能，骑上光阴的快马赶回两千年前，用所有的春天酿成酒，交换来司马相如的《凤求凰》，让深情的人更加深情地为你弹起。

我想你一定会为此沉醉，甚至在这样的曲子里，甘心忘记自己的身世。

没关系。忘记，也是一件很美的事情。

但我不会忘记。

我会用每一刻的呼吸，在用心跳谱好的弦上，依然深情地弹。直到某一天，你记起我的时候，我眼睛里的泪水在你怀中化成月光，你温热的手掌在我凹凸的皱纹里结出茧，我的世界里，花就开了。

第四辑　如花在野，一日一安

采薇

鸟鸣在窗下忙着搭桥，无意中探出去的目光，被牵引至虚幻的绿里和远方。

远方的地址尚不明确，花瓣涂抹着不同的颜色，作以途中的记号。但抬眼望向天空的人，眼中只有云朵。

记忆的回流显得无边漫长，像阳光下浮动的微尘，小心翼翼，且漫无目的。

头脑中快速变换着不同的场景，透过飞蛾翅膀看出去的世界，模糊不清，却别有一种让人着迷的魔力。忽闪的光芒，让故事里的情节扑朔迷离，像电影演至高潮忽然切掉的镜头，是不合时宜的吸引。

这种吸引，本身是一种魔法。它会悄无声息地铺设出一条道路，让迷失的人得以清醒，让衰老的人获得重生。

这是万亩花田的荼蘼之路，这条路上，千匹白马奔跑成蝶，眼睛里盛满月光的人牧云归隐。

说起归隐的时候，听到《诗经》里的女子扬起衣袖犁开云朵，马蹄声声呼啸而来，云雾散去，眼前呈现出一个清晰的画面。画中人的蓑衣滴着雨水，锄头上的泥土散发出腥香的气味。

　　植物在各自生长，一段历史正在土壤里发芽。

　　花园里的郁金香吟起长笛，有古人抱琴来和。松风阵阵，篱笆上的花朵开了又谢。脉脉弦音里，听闻隐者松下对饮，长歌赋采薇。

　　我对悠扬的琴声听而未闻，却被"采薇"两个字长久吸引。

　　采薇，一种桀骜不驯的风骨，一种离经叛道的高傲。着实让寂静寻找的人为之着迷。

　　仿佛是走在翠绿的丛林里忽逢一朵栀子白，它清澈的目光将我身上的尘埃拂去，它摄人心魄的香酝酿出一种迷药，将途经的清风和小鹿、美人与春天统统迷倒。

　　然后它用自己纯白的花瓣裁剪成供人安睡的床榻，用嫩黄的花蕊生起篝火，当鸟鸣衔来一挂野瀑，它会在我身体中撑开琴弦开始弹奏。

　　掉落的音符如一颗颗饱满的种子，种在我每一个细胞之中。当另一朵香途经我的身旁，我均匀的呼吸里会开出栀子万朵。

　　那之后，我便也可以清风酌酒，深山采薇，在大片的栀子白中挥袖隐居。

　　于此，一顶斗笠可撑起一座屋檐，一把锄头可耕出万亩花田。捡拾来野草和松针燃起日常饮食的炊烟，将月光和花香叠成屋顶的瓦片。再以雨水滴落的节奏，记录流逝的岁月，用长长的经文作一朵花枯萎时的祈祷和纪念。

　　微醺之时，我还可以指派晚风替我翻开老旧的书卷，翻一页乳燕的呢喃，翻一页古人扬起的经幡，我想终会翻到那样的一页：花园里的绣球开得正好，我手中的笔墨正酣，画中的篱笆上长出风的触角，牵牛花偷偷赶来赴约。

　　而我只一眨眼，茶壶里的蔷薇花冒出香气，你听到一缕香的召唤，款款走来……

炊烟升起的地方

小院里的日常，总被那些装满小心思的植物偷窥。刚刚整理干净的花园，只隔一个夜晚，便看见密密匝匝的细草在花树下又探出头来，我的眼神落上去时，它们齐刷刷地摆动，用一副无辜的模样否认自己的身世。

我确信它们是风培育出的秘密队伍，试图在人间烟火里，打劫一段故事。

它们该是从某个老戏迷的折扇中来，看够了那些缺失情感的表演，听倦了咿咿呀呀不动声色的唱腔，它们在老戏迷愈渐紧凑的皱纹里窥探出，最动人的故事不在戏台上，而在烟火人间。

于是在某个灯火阑珊的夜晚，在老戏迷打个盹儿的间隙，它们策划了一场集体出逃。它们的目标很明确，远离镁光灯照耀到的地方，且越远越好，它们要到有炊烟升起的地方去。

台上的戏剧进入高潮，演员们的泪水洇湿了妆面，人群中爆出的掌

声近乎疯狂，老戏迷快速地抖开折扇，用热烈地附和参与表演。却没有发觉，折扇中的队伍已沿着他手心里的汗水逃离，并且打算永不归来。

恍惚间，园子里的细草迅速蹿高，带着某种焦虑不安的情绪，似乎要完成一种不可能完成的使命，而此时我的锄头，因为看懂了它们的心思，已然决定手下留情。

我回过神，转身走开。才明白，很多时候，不去关注是一种莫大的慈悲。

走到蔷薇园，花又新开出许多。蔷薇一定是最不能保守秘密的，一夜之间，它们就按捺不住爆料出来。

向上生长，有时需要面对一些疼痛。我不得不取来一把剪刀，放下对开花的执着和不忍，将过于浓厚的花苞、开得太过热烈的花朵一一剪掉。像目送远行的知己，心中祈愿着，明天太阳重新照过来的时候，它们会抵达自己的国度，可以肆意绽放。

院子里的花种类繁多，走在其中时常被花香灌醉。眩晕间，被一缕风牵着走出门，来到山脚下一丛丛马蹄莲的跟前。它们寂静地开在山谷中，素淡的模样着实惹人喜欢。

心下起了贪念，动手挖松土壤，捧花回家。栽种到院子里的小路两旁，瞬间有两条淡紫色的河流从山间旖旎而来。

花影、云水、松子、鸟鸣……这些山间风物开始在院子里流淌，仿佛是谁寄来的一封信，终于抵达炊烟升起的地方。

在这个有炊烟升起的地方，我还养着一缸睡莲，搬回它的时候，只是为了收集天女木兰般的月光。

每当夜晚来临，月光如我所愿，从不落别处。涟漪荡漾，是它在请莲叶铺床。不需多久，水面平静下来，莲花一朵朵渐次绽放。

有身着白裙的仙女，在花心间行走，这时你会看见，从某一个蕊里长出新的月亮。

走在一本古书里

喜欢在日出之前，抑或日落之后，万物脱去光芒沉潜下来的时候，于书房里"旅行"。脚步慢移，几近无声。夜色迷人，桌案静寂成月光。房间里所有的颜色渐渐褪去，在一缕淡之又淡的光线里，书卷落发为僧。

它们与白日喧嚣的世界没有告别，转头看向墨色的眼神近乎决绝。

我的手，带着日日拈花的香味，一本本抚摸过去，从上到下，从左到右，舍不得错过任何一本。这每一本书，都是灵魂停靠过的车站，都曾在寂寥无边的暗夜里，馈赠过我和风般的温暖。

书面上的灰尘，在我的执念里放弃了修行的道场。它们借着淡淡的月光，生长出透明的翅膀，随着我轻轻翻动的书页跌落下来，在接近地面的一瞬间，飞上晚窗。

我将深藏在手纹里的心事，安放于一页素净的封面，连同一本书，雪藏在记忆深处。任它发酵或者沉寂，绽放或者零落成泥。在与一本书相遇的故事里，彼此静静地凝望，该是最好的结局。

烛光在窗前跳跃，初恋般蠢蠢欲动。在一种欲说还休的暧昧里，有暖暖的茶香升起。氤氲的雾气里难以分清，是书中有人走来与我相遇，还是我端着手中的茶走进了某一本书里。

若走进一本古书里，我会发现千年前的句子，竟是一种预言。而我是某个诗人曾许下的愿，在今生，注定要替他背负起满身的诗意，于人世间兜兜转转。

原来，与俗世所有的疏离之感，是我长在骨头里的前世，天性里的自然。

索性将灼灼的目光放逐在这本古书里，任它痴迷抑或忘返，流浪或者皈依，任它如寂静的手指拨响一弦弦海浪，涛声在虚构的标点之间起伏，潮水于心底退去，又随风声涨起……

我坐到炉火旁，将书里一个个潮湿的字烘暖。碎玉般细小的声音在我掌心蔓延，是某一首尘封千年的诗渐渐苏醒。它沿着我的血管与骨骼向心头攀爬，直到剧烈的心跳与它相拥，书页在瞬间回归平静。仿佛什么都没有发生，只是我的一场梦境。

手指一遍遍摩挲着怀中的书页，仿佛寻找着自己来时的路。我从哪里来？要到哪里去？我用热切的手温在与一本古书对话。一行行抚摸下去，时光慢到近乎静止。

在我行走于古书里的时刻，书房被镀上一种陈旧的光泽，有古时模样。恍然发现，或许现世这一切全部是一场幻觉，我本就是活在古时某个朝代的诗人。

想到此，不禁莞尔一笑。老陶罐里养的睡莲，在刹那间绽放。

时光尚在静止中，窗外却有雪落下来。

我的纱裙还未来得及叠起，棉衣还未来得及缝制，手中的书已积满灰尘。

沉溺在古书里的两个季节，似乎也是幻觉。像我与那个诗人，从未有过相遇。

安暖如昨

在双廊的洱海边,看到一幕,至今仍久久回味。

在一个客栈的窗前,是一片绿油油的草坪,草坪上有一张生了锈的桌子,桌子上端正地放着小小的一盆枯枝,桌子两旁各放有一把椅子,两把椅子上各放着一盆小雏菊。

路的另一侧,便是喧嚣的人潮,是洱海的浪花也未能淹没的兵荒马乱,远处的苍山藏在浓雾里,不愿见人似的,或者是厌倦了人来人往的嘈杂,想独自享受一份宁静。

我站在路的中央,看着路的两旁,两种截然不同的景象形成鲜明的对比,令我驻足凝望。

桌子上为什么摆放了一盆枯枝,是等着它报告春天的消息吗?是等着收留晚风的吗?是等着一场初雪抱来一朵梅花开在枝头吗?

椅子上为什么摆放着两盆花?是老枝年轻的记忆遗落在此,看着桌子上一盆干枯的枝丫讨论着不朽的青春吗?是在享受着洱海甜蜜的风吹拂过一米阳光吗？

　　那一刻，我恍然听得到它们低低的耳语，在一个阳光斑驳的午后，说着一些前尘往事。

　　店主人该是怎样的一颗七巧玲珑心，才能安排出这样美的遇见？无论是刻意或是不经意，这一幕，都不负遇见。

　　阳光遇见海风，海风抚弄花影，花影编织着旧梦，旧梦唤醒老枝的青春。

　　它们仿佛在与青春耳语，抖落出深藏记忆深处的秘密。

　　每每此刻，我的时间便停滞不前，目中无人地打起坐来。此时的时光，静得像一位老僧，阳光披着袈裟，于俗世围屏，叶子沙沙，敲着木鱼，洱海的浪花将宁静拱手相让，只看得到眼前的一桌两椅，默默交谈。

　　突然羡慕桌子上那盆老枝，老到移不动步，也不怕。就这样守着一张桌子，老成禅者的模样。任天空风起云涌，任海浪喋喋不休，它就自守一份宁静，清喜自持地，以旁观者的身份，看着人来人往，红尘浊浪都与它无关。

　　它老成无人在意的模样，便可以独享人生一份清凉。撑着一副不朽的老骨头，晒着冬日暖阳，听着风铃吟唱，看月光作弦，抚一曲水动莲香。

　　等春风来，眼前万紫千红开遍，它仍那么自顾自地老着，花香诱惑不了它，春雨打扰不到它，时间的游走，季节的律动都是无关紧要的事。老了，就听听苍山洱海闲话，老了，就淡然春去秋来，任凭烟火繁华。

　　当我老了，要老成一枝枯荷映水，守着枯荷听雨声，或者与一枝残荷远眺湖心亭，把盏听雪。

　　当我老了，要老成一瓶窗前老枝，以不朽的姿态与春风寒暄，与阳光相遇，将一路走来的荆棘摩挲成柔肠千寸的序曲，将大半生的风雨编织成舒适熨帖的羽衣。

当我老了，哪怕老成枯荷残雪，哪怕老成一把枯枝，依然要自放春风，安暖如昨。

当我老了

当我老了，就用冬天第一场雪染满头银发，让雪轻轻地落在我的发间，像我曾走过的路从回忆里流下来，填充着我衰老的皱纹。顷刻间，纹路里有着被岁月温柔抚摸过的光泽。

耳畔会悬上一对祖母绿的吊坠，盈盈一水的翠绿里，像青春里留下的两个重要的标点符号。而我一直是一个句子，被岁月的神来之笔撰写。

我会挂着拐杖等在风经过的路口，等着一粒粒雪扣响蜡梅的芳门。风一来，梅花噼里啪啦地开满树，我一眨眼，落满头红艳艳的梅花。

再移步，花香抬着我走。身后的脚印，一直延伸到回忆最深处，我闻到塞满回忆的梅香。

当我老了，我会喜欢太阳。多像一双灼灼的眼，念旧似的，包裹住我不再年轻的容颜。我会起得很早，梳妆整洁，净手焚香，从清晨的露水里启程，等落在窗前的第一缕熹光。

我双手合十，匍匐在地，朝拜每一缕落在院子里的阳光，是它们让平淡的日子有了"今天"的模样。

"今天"，多好啊，像一个神秘的礼物，让人窃窃欢喜。我会听到每一根发丝间的每一颗露珠都在欢笑，像一群雀跃的孩童跳着皮筋。

我会用几十年不减的温度，拥抱一束光，在这一瞬间，恍若重新变回那个身穿羽衣的少女，在一圈圈光晕里，蝶舞翩翩。

当我老了，我依然守着大山，守着山里的每一条小溪，守着小溪旁每一块石头，守着石头上每一朵歇脚的云。

我还会守着每一株草芽，守着草芽上每一滴露水，守着露水里每一个俊俏的脸庞。

我会守在自己的老院子里，迎来送往，且听风吟。迎来春风送的第一封春信，送走秋天一树金黄；迎来清晨乳燕的呢喃，送走晚霞卷去黄昏的足音；迎来头发上每一根新染的银发，送走岁月刻在皱纹里的彷徨。

日复一日，年复一年。

我坐在窗前的老藤椅上，坐在被喧嚣的尘世遗忘良久的桃源，我努力把腰坐得笔直，以尽可能优雅的姿态翻看着手中的书卷。为的是与书中故人一一相见时，我能给予体面的尊重、体面的爱。

是啊，我爱着书中的每一个字，每一个句子中的每一个标点符号，它们都是我的良师益友、我的山河故人啊。

我和书里的人物谁也不作声，安静如墨，灵魂上的交流本就不需要声音，若是看到我的眼角露出笑意，那是我在与千年前的诗人把酒言欢。

桌子上，有两个年轻时摘回来的莲蓬，跟着我一起变老了。还有一个本子，是我专门用来记录草木的生日。本子上准确地记着，篱笆边的蔷薇花哪天开，梨花哪天白……

当我老了，我的灵魂该是清澈如初的。尘世的风，从未吹进山中半点。我还会被两只争斗米粒的麻雀逗笑，还会为一片银杏叶飘落而忧伤，还会在看到母燕衔回虫子喂到乳燕嘴里的时候感动得流泪，还是会为看到蔷薇花一寸寸爬满窗口，心中生出少女般的雀跃……

　　或许，我并没有变老，时光只是一种错觉。

人静如墨，书静如佛

午后的阳光透过大玻璃窗，照在我翻开的书页上。我一遍遍地抚摸着，动作极轻极轻。像抚摸着一缕温暖的回忆，抚摸着一段痴痴念念的老时光，像手指深陷在一团白天鹅的绒毛里，时间都走得柔软。

又像在心底摩挲着一把古琴，有弦音淙淙，清缓而起。指尖过处，看见有一只只蝶翩翩起舞。

享受这样的好时光。行走在一本书里，我像一位最虔诚的朝圣者，走在一字一句堆砌的石阶上，一词一叩拜，一段一匍匐。每一个标点符号，都是等在路口为我指引方向而摇转的经幡。

喜欢等一本新书到来时的雀跃，仿佛要等来的不是一本书，而是一位穿越千年赶来的知己，一位快马加鞭三百年而来的故人，一位心上人。那样盼啊，盼啊！热切，期待，又小鹿乱撞似的悸动。好像要赴一场重要的约会。

像《诗经》中那个痴情的女子，在心里一遍遍吟哦着："彼泽之陂，有蒲菡萏。有美一人，硕大且俨。寤寐无为，辗转伏枕。"

为了一本书，思念得难以入睡，因为想要腾出时间看一本新书，愿意在清晨从暖和的被窝里爬出来，都是因为爱至骨髓了啊！

是啊，痴迷地爱着一本本书。摆在书架上，总要一遍遍看了又看，喜欢指尖从它们身上一本本抚过，仿佛将时钟的指针拨慢了一圈又一圈，时光静得停下来。没有任何对白，却分明感受到肺腑间温润而动荡起来。来自心底的对话，灵魂与灵魂的碰撞，本就是安静的，不需要声音。

看一本好书，会感觉一本书便是一座庙宇。每一个锦词妙句，都是一尊菩萨的笑脸，让人只是凝望着就那么喜悦，那么安宁。我看着看着，一个个字像一粒粒美好的种子种在了心里，只笑着一眨眼便会在心底开出一朵朵莲花。

此时嘴角溢出的碎碎念，是木鱼声声。一声，两声，三四声……不是任何祈祷，而是灵魂自在游走的脚步声。身旁的灰尘一一落座，俯耳倾听，门前走过的风也停下脚步，坐在我案前的枯枝上。我再一出声，看到风在枝头猎猎颤动，顷刻间春芽爆满，从它的心里长出一个春天来。

一本书的封面，是佛门。要有缘的人，才能看见。要真诚倾慕它的人，才能打开。要将心完全托付给它的人，才能在它的大门里见自己，见天地，见众生。

一个书名，便是庙宇门前永不灭的明灯，哪怕世外的风雪再大，它依然会如如不动，清寂如旧地亮着。哪怕，你奔忙在浊浪滔天的苍茫世海，哪怕，你行走在黑夜寂寂雾笼烟岚的森林，抬起头的一瞬间，都会看到它，在那里，一直亮着，指引着你"回家"。

每次翻开一本书，会仿佛进入另外一个世界，这里纯粹、无染、不惹风尘，干净、清透如水晶。

这里云牵着鸟鸣散步，溪水和着清风唱歌，有魏晋的隐士东篱下锄

116

园种菊，有虔诚的香客于大殿前礼佛焚香。

　　还有迷恋书香的你我，端坐在一页书签上，人静如墨。

　　而捧在掌心的这本书，法相庄严，宁静如佛。

如花在野，一日一安

我曾对爱情做过最浪漫的幻想：某一日，烟笼千里色，新篁响晚风，你身披月光，眉画远山，迎风走来，我怀抱墨香，颊染桃夭，如云游过，而就在那样的一刻，云撞进了风的怀里，慌乱成一团。

顿时，静谧的林中，惊出一头小鹿。

我是多么想，爱情就像这样简单：你是老墙角下的空陶罐，蓄满岁月的水泽，而我是夜晚轻轻落下的一片月色，恰巧落在你怀里。于是暗夜里，你像一盏烛火，被我明媚地点亮。晓风拂过，陶罐里漾起一圈圈涟漪，那是心头有一行白鹭惊起。

然而光阴凉薄，墙角的老陶罐终是被尘世咄咄逼人的光晒出裂痕，曾经无比温柔的水泽，挤过时间的裂缝仓皇而逃，热烈的爱情像招摇的水草，在干涸而碎裂的时光中渐次枯萎。而我，变成了一片走失的月光，狼狈地奔跑在狂风里，找寻着可以栖息的岸。

人过三十，时光知味。

清风徐来，三十而已。

恍然行至一处开阔地，霞光万丈，笼盖四野，秋风作线，缝合四季的忧伤。满地的金黄，闪闪发亮，是我与过往的光阴化干戈为玉帛，我终于可以慢下来，任风吹，任雪来，任窗外风过人海，我自喜疏淡枯寂，闭目听风。

三十岁之后才慢慢懂得，一个人目之所及，正是内心的风景。

开始喜欢烟火味浓厚的菜市场。

某一日，背着竹篓买菜，挤在兵荒马乱的人群中，几个提篮卖花的白族阿婆兀地闯入眼前，篮子里是一簇簇新摘的野花，映着她们耳际微微颤动的玉坠，像老时光里摇转不歇的经幡，摇得时光都慢了下来。

我顿时愣在那里。仿佛是我闯入了古时某个月份，回忆围屏，任身旁的人一一闪过，我却像一部正在播放的老电影被按了暂停键，动弹不得。但分明觉察到自己紧蹙的眉心舒展开来。

每每看到野花，总会想到家门前不远处一家咖啡厅，说是咖啡厅，最大的特色却不是咖啡，而是满墙壁的书。店的名字更特别，叫"如花在野"，看到第一眼时，便肺腑动荡，深深爱上了。

每日从店门前走过，常见到店内昏暗的灯光里宾朋满座，却十分宁静，有的似在低低耳语，有的在捧卷阅读，有的只一个人坐在角落里，轻轻敲打着键盘……画面静得不像话。

静得仿佛坐在那里的并不是一个个的人，而是一朵朵的云。门外人头攒动，坐在店里的人们却像一朵朵寂静又无比美好的小花，开在自由的田野里，开到我心里。不禁染一身花香，轻盈归家。

其实当下我看到的，何尝不是此时的自己？

只有内心装着美好，才能看到一朵云的舒卷、一朵花的开合，而一舒一卷、一开一合间便是弹指间流逝的光阴。

内心清明自喜，才会懂得美好原来是如此简单，我若美好，岁月娟然，心有莲花，落笔生香。

　　人生走到一定境地终会明白，最美的状态最简单。简单到像那提篮卖花的阿婆，在软红香土的喧嚣里兜售幸福，一日一安，清喜自足；像那小店里低低耳语的人们，在八千里路的闹市里辟一方净土，如花在野，春风自笑。

春有桃花坞

近日，整个人醉在《桃花源记》里，不想走出来。来不及打包好俗世的行囊，便急着在一片"桃花林中"落户安家。文中一字一句便是我一日三餐，有逗号为酒，不醉不休，句号作茶，余味回甘。还有那"不足为外人道也"的双引号，是一弦琵琶音，音里是归去来兮，桃花开；袅袅娜娜，声声慢。

一句"归去来兮"，我便可以披一身桃花香，染十里红装，忘尘世路之远近，穿越回千年前的东晋。

我要在桃花溪畔盖一间茅屋，笼苇草在顶，桃花开窗，熏香铺床，篱影围帘。夜晚，有萤虫识香而来，照亮我翻开的古卷；清晨，有虫吟煮水，鸟鸣衔露，熹光盛满一碗花粥。

院子名"桃花坞"，清竹围墙，遍种杂树。世间纷扰，与我无关，隐匿于桃花中，不问今夕何夕，只管院子里的天气。做个闲人，煮一壶百花茶，沐云、听风、凝露、插花，虚度时光。如此，日日好天气，年年好时节。

我要攒一春的明前雨积聚成门前的莲花池，我会为每一处淤泥抚琴，为每一颗莲子谱曲，用春芽爆满演奏荷塘的交响，用笑声等来三月的月光，用七月的十亩菡萏等一场秋风吟短笛，再用一个又一个清晨，等一池枯荷披霜静定成老僧模样。

我还会在院心养一只白瓷碗，素常的时光，闲坐在它身旁。

春天，用它收留云弄丢的雨，点点滴滴，凄凄沥沥，好不彷徨。我会给它们唱欢快的歌，吟最美的词，用温柔的目光给它们欢喜的力量。等春风化作雨珠的翅膀，它们会披一身我满眼的笑意，展翅飞翔。

夏天，等露水偷来远山的花香，在白瓷碗里落脚休憩。坐在旁边的我，早已准备好一个袋子，捉它们个措手不及。拿回房间铺床，留在浴室里熏香。或者等在书中翻看到可爱的词语，便夹进一页花香，让所有的字迷路，再也走不出我的心房。

秋天，这个痴绝的白瓷碗，不怕白露浇衣，不畏满面寒霜，只为在清寂无尘的夜里等一片月光。它添好满碗花影，铺好星座引路，请秋风摇响风铃，只等月光赶来共舞一曲羽衣霓裳。

冬天，接一碗初雪，研墨作画，煮水烹茶。火炉上蒸腾的热气，是我对生活初心不改的模样。喝下一壶白雪茶，眉眼里自会生出清润的水泽。如此，再提笔，定会画出一个清风朗月般的你。

我还要深情前往门外去等，等雪落在发间、眉宇，落在脸颊、嘴唇，披一身雪，痴痴地等。

此时看雪，那是云吟哦《诗经》落下的字，落在我门前的桃花溪里，泛出涟漪成诗。

忽地，诗中响起吱呀吱呀的摇橹声，是武陵渔人于雪中赶来，痴痴地问："今夕何夕？"

我笑答："不知今夕何夕，只记得，暮有余闲，朝有清欢。春有桃花坞，冬有涟漪诗……"

短笛吟风，拈花自笑

在一个寺庙的墙壁上看到"短笛吟风""拈花自笑"两个词语，站着看了好久，实在太美。

几个简单的字这样组合在一起，便有一种让人心生向往的禅意。脑海里出现一个画面，在空山瀑响的林间，一个身着素色麻质衣服的修行人，临瀑而坐。他的身旁雾气萦绕，宁静得像端坐在香炉里的一炷檀香。眼睛微微闭着，眉宇间云淡风轻，手执一根短笛轻轻吟诵，有风化作空灵的旋律淙淙而出。

瀑声震耳，飞瀑的水花溅落在他身上。但他浑然不觉，沉醉在自己的笛声里，不知归路。同一个画面里，却恍然是两个世界。

他在自己创造出来的世界里，以短笛吟风做着孤绝的修行，不问风起，拈花自笑。

那飞溅起的瀑水也不再是水，而化作一朵朵莲花开在他的眉间、手臂、盘坐的双腿，将他的肉身一寸寸开满。在轰隆的瀑声里，悠扬的笛

123

声显得格外寂静、悦耳，恍惚间，他自己也坐成一朵莲花，在笛声中次第花开。

回过神时，脸上漾出久违的笑意。仿佛有一朵花，在我心底瞬间绽放。

如果说短笛吟风是一种修行的法门，那么拈花一笑该是一种证悟的结果。而身陷尘世的每个人，或许都需要一场这样的修行。

如果说生命是一种太过喧嚣的表达，如果"懂得"是一封无处投递的信笺，如果春天的风吹不醒一粒冬天的种子，那么我依然可以清晨坐在院子里等小草发芽，闭上眼睛听风说悄悄话。我可以捧起一颗露水揽镜梳妆，也可以在夜晚涂抹好胭脂，去花开的路口，等一朵从春天赶来的花。

哪怕人生没有一次无须言语的对白，灵魂始终走在孤独的路上。哪怕炉火上煮好的老茶一遍遍温了又温，依然等不来知心人的叩门声。哪怕我将全天下的花香种满院子也等不来一缕熏风漾出涟漪，也没关系。无论怎样，在我的眉眼之间，始终会有短笛吟风吹起生命熊熊的号角，始终会有山溪谱曲奏响人生灼灼的乐章。

我的指尖里，始终流淌着清澈的泉水，在生命的田园里，润出一片又一片水泽。我会怀抱着一束盛夏的暖阳，洒向每一处有花开的地方。我会背一身花籽，撒遍每一处田野和山谷，会为每一缕炊烟引路，将经过门前的风谱成迷人的曲子。

而这每一件事都将是尘世里最美的修行。

我要在一片树叶上安家，只为听夜晚的白露簌簌落下，听夜虫唧唧唱起情歌，听泡桐摇响清脆的风铃，听花香叩门，木鱼声声。我的耳朵已经走在修行的路上，以自己的方式聆听着大自然吟诵的经文。

如此，无论身在俗世，在山野，在世界的每一个角落，只要肯从一笛清音里出发，拈花一笑的修行之路终将抵达。

微醺

小酌，无须五花马千金裘，无须呼朋唤友，甚至也无须一壶像样的酒。只需一个人，手执一只素杯，坐在院心里，去等。

等桂花落进杯中，等月色也落进来，等一声蝉鸣来酿酒，这时候随便倒进半碗清水也是会让人醉的。

喜欢一个人在院子里，静静地坐下来。在偌大的木桌子上，铺一方素色的桌布，在小白瓷瓶里盛满清水，无须插花，自有院子里粉的樱花，白的杏花，携着几滴露珠落下来。一同进来的，还少不了一片月光。

这时候，且看吧，那小花瓣撒娇似的，在月影里晃呀晃，转而又好似突然想起某种情思，落笔成诗般，静了下来。连着我的魂魄，静定下来。

喜欢就这样坐着，什么事也不做，用一晚又一晚，虚度时光。任月色浇衣，任山风和落花，月光和溪水一起把我灌醉，无须饮一杯，已然微醺。

爱极了"微醺"。

是一种什么感觉呢？

好像月光奔跑了三个季节，赶来与秋水共写一篇叙事，而恰巧被我窥见其中一二。我便不敢呼吸，静下来，静下来，偷听。

听到月行水上，被千万朵荷花绊住腿脚，湖水荡出十万波涟漪前来解救，它们用打劫花香酝酿出的暧昧，上演一场两个人的电影。

于是，月摇晃在水里，轻轻，轻轻。水柔柔地爱抚，轻轻，亦轻轻。我只是看着，已微醺。

亦像是我披着大红的披风，走在铺满白雪的梅园里，长发在风中扬出水波纹的模样，凉凉的清霜在我脸颊上涂抹胭脂。或是要去见某一个人吧，或者谁都不见，只是一个人。

我的脚步坚定而从容，凛冽的梅香灌满长袍，我蓦然停下来，伸手去摘一个花骨朵，刚一触碰，梅花忽地开了。恍若一头洁白的小鹿跳进心里来，我闭上眼睛，将鼻子凑近，深深地闻，那是与故人的千山万水深情相拥。无须一杯酒，已微醺。

又像是某一个清晨，林间熹微，我沿着满是露水的小径，往深山里走。路旁的花瓣贴上我的唇，几朵游云牵着我的手，老树上的藤蔓讲着昨夜的故事，我听得正入迷，忽闻几声古琴弦音，悠然响起。

那声音从山深处传来，霎时间光芒穿过竹林，似被削剪成琴弦，而我被一种神奇的魔力化成一个音符，思绪跳跃在光之琴弦上。

这琴弦定是被某个痴情的诗人拨响，鸟雀俱静，皆俯耳倾听。我也闭上眼睛，走在弦上，静静地听，已微醺。

微醺，是一滴墨恋着一方宣纸，要画出跨越时间和空间的古画；是一首诗恋上一个诗人，追寻千年也要种进诗人的田园；是风追逐一缕香，奔跑八千里甘心醉倒在小池塘；也是一个痴心的人走在一个故事里，忘记了来时的路。

喜欢这样的微醺，或为某一个喜欢的人，或为某一件喜悦的事，或只是任思绪走进透明杯子里，与那一抹迷人的梅洛红相遇。

幽居古画里，烹雪煮月亮

赏王维的《雪溪图》，在刚一翻开的刹那，整个人便像一枚印章抑或诗人笔下那滴顿墨，静定到画中去。我的眼神落成雪，将画里的每一处温柔覆盖，分明是初次相见，却仿佛我已在画中隐居千年。

分不清是我走回了大唐，被画进画里，还是刚刚从画中、从诗人的笔下走出来。

欢喜隐居的我，是愿意被诗人提笔画进这幅画里的。

在一幅古画中幽居，该是修行千年换来的美事。屋舍寂寂立在溪畔，是贾岛笔下月夜敲门的僧人，就那么静寂不语地站着，听雪落成一段叙事。

门前有船过，摇橹的人弓着身子，仿佛在拼尽全力，载走三千年的历史。历史太过血腥苍茫，诗人要用一笔之力将其统统运走。在这世间，只留下一场雪，洁白如一颗诗心的雪，只留下雪中的茅屋，清溪和三五个围炉煮雪的痴人。

亭外花树皆悄，为雪让路，雪落溪上，落成迷人的诗行。

想必我自是那三五人中的一个，在溪旁的短亭里，围炉夜话，已等月余。

只为等一场雪落，烹雪煮月亮。

我手捧白瓷碗，站成一个雪人。等雪花一片片落，滑过我长长的睫毛，又掳走我热望的眼神，落满碗。我一动不动，生怕呼吸惊雪。

炉火熊熊地燃着，满满的一碗白雪置于其上。

欢腾的炉火抚出一首曲子，雪花在碗中跳舞，舞步清脆作响，在白瓷碗上荡漾着烟岚的回音。

瓷碗盛雪，将雪慢慢煮成清水，将流年里的光阴煮成滚烫的泪水，将千年的风华煮成一碗清冷的历史。

抱着火炉，坐到溪畔。守一碗清水，等夜来。

等月亮落在碗里，我赶紧加满柴火。我要用熊熊烈火，将看尽万年秋色的月亮煮出动人的故事，将一碗瓷白的月亮煮成青春的轮廓，将月光泛起的水泽描画成你的眉眼，水花翻腾的时刻，是你阔别经年欲语还休的诉说。

我要将前世与今生所有的缘分，倾倒在一碗月亮里，那样无论经过多么热烈地翻滚，在炉火熄灭的那一刻都会化作一个美丽的旋涡，最终相合。

我要将仓央嘉措最美的情诗，倒进这碗月亮里，细火慢煮。将我最美的笑靥连同眉间那朵睡莲一同慢煮。这样在今后的每个夜晚，当你仰望星空，都能看到我饱含情愫的双眸。

我还要偷来诗人王维作画的笔和他笔下的老墨，煮进这碗白雪银月里，看它在一兜夜色里沸成诗句，在一碗清水里绘成画，看它慢慢蒸腾出热气，洇染出一个静谧的雪中世界。

那里没有历史的硝烟，没有世人腐臭的欲望，没有冷漠的表情或虚伪的笑脸。只有我和三两知己，闲坐长亭，煮茶吟诗。这里常飘白雪，纯洁如玉。

　　街上偶有牧羊的孩童哼着歌走过，农夫骑着毛驴去田里种诗。

　　幽居古画里，眼睛里会升起干净的月亮，每一缕呼吸都会长出动人的诗句。

花覆茅檐，疏雨相过

如果有前生，我想我定是一个采诗官。被周朝皇帝派到民间，听农夫荷锄而归踩响的调子，文人雅士于诗酒田园里奏响的曲子。看窈窕淑女提篮采集荇菜，君子灼灼的目光擎起她袅娜的脚印。

还有卖甑糕的小贩挑着扁担，筐里的香味一路颠簸，铺满街巷。

我痴痴地看着、走着，直到山水尽处，包袱里早已装满了诗。

而背着满身诗句的我，再无法回到周朝去。索性隐居于山野，隔绝烟火浮华。与山风鸟雀为伴，与松香花露为邻，在老树的身上清点细碎的时光，在溪畔和云上写满花籽的梦想，在深山旖旎的小径旁扎上篱笆，在篱笆深处开拓一个小院，听闻泉鸣瀑响，静看萝月熹光。

我会用一天一天的时间，将采回的诗一句句晾在院子里，等它们喝饱林风，干成花籽。我一粒粒捡起来，放在贴近胸口的位置收藏。

春天一来，撒满院子的花籽，等到秋天，会长出一座花房子。

我在小屋四周，撒上牵牛花籽，等它们围成小屋墙壁。长一寸惊蛰，长两寸谷雨，二十四节气过去一半，花就开了。这时，小屋会吹起喇叭昭告天下，松风萝月可来做客，燕子鸟鸣可来谱曲，屋后的老杏树抱着古琴，风一吹，弦音袅袅，花落满琴。

我将花瓣一片片拾起，和着一弦弦的香，覆于屋顶。白白的杏花啊，多像月光。赶上轻雨时节，花覆茅檐，看疏雨相过，这样的雨会落成诗行，落成我眼里的白月光。

这样的一双眼里，有流云汇成的清溪，有山风流淌的泪水。又怎可能，再去看一眼俗世的烟尘浊浪。

红尘九丈，都不顾了啊。守着一个院子，满院的香，守着清澈的眼睛，过素净的日子。

心中无欲，平日便无事。

闲着也是闲着，我会在院心围起一行篱笆，种上粉蔷薇。它们就是我的王国。每天清晨，我便会一朵一朵巡视，从匍匐在地到踩上梯子，从篱笆头看到篱笆尾。

我还会坐在花里煮茶，等花香一寸寸落满壶，我摇起蒲扇轻轻摇，直摇地身子轻了，是灵魂轻到一朵花的重量。

等到夜晚，蔷薇爬满架，有月移花影到窗前，会将我伏案的身影化作清晨的花露，会将屋子里的故事写进月光的诗集，会将我脸上的笑靥洇染出一声木鱼的禅意，我一开口，林深处有梵呗悠悠响起。

晨钟一声声，唤来一场大雪。我坐在窗前，烤着炉火，壶里的花茶沸成一场叙事。看窗外，漫天的雪，铺天盖地下着，下成一个暗穴，将我院子里的花封印成故事，将屋檐上的月光抚出泪水。

热烈的泪，终会化作春天的雨。等春风来，雨落琴响，会有满天杏花覆满屋檐。

锄云锄雨锄诗行，种菜种花种欢喜

诗人陆苏曾写过："原谅我以后可能会忍不住骄傲地这样说话：虽然你有好车，但是我有大树；虽然你有好房，但是我有几十棵大树；虽然你有好家庭，但是我有几十棵爸妈亲手种的几十岁的大树。"

初看到时内心雀跃良久。

我亦觉得，人生中最值得珍重的富有，不是穿金戴银、豪宅豪车这些物质享受，而是诗人这样一种清净自喜，内心满足，不攀比，不焦虑，不纠结的从容状态。

那么想来，我该是富有的。

当我走在清晨的草丛里，成千上万的露珠扑在我身上，与我赤诚相拥，那时，我是富有的；当我从满架蔷薇前走过，看到它们摇曳着箩月，将我的身影织成锦，我是富有的。

当我走在月色里，身披一身清风衣，目含春水，我是富有的；当我翻开一本书，与大唐赶来的诗人推杯换盏，把酒言欢，我是多么的富有啊!

我向来胸无大志,人生中最大的追求就是守一方小院,两亩田园,鸡鸣起,日落归,锄云锄雨锄诗行,种菜种花种欢喜。

日常的工作也很繁忙,清晨我要赶在日出之前,牵着小鹿去觅食,它漫步在一团雾气里,悠哉悠哉地啃着苔藓,身旁花掩帘,露水酣睡着。

我还要拿一个透明的净瓶采回芽尖上的露水,摘一篮野花瓣,采一些肥美的蘑菇,再拾几根朽木,燃一把柴火,熬一碗清粥。

吃进去,从喉咙到胃肠,一路花香奔忙。

这样的日常饮食定会养出清风胆,明月肝,没有愁肠,呵气如兰。能养出干净的笑容、清澈的灵魂。

白日里,闲暇时要多种菜。种在土地里,也种在我的诗里。种菜不只为了果腹,也为了等露水落座。看着晶莹的露水挂在碧翠的蔬菜上,清润娴静,世界就有了美好的模样。

看着大地上豆苗一寸一寸地长高,内心也一寸一寸地欢喜着。

我还要忙着种花,为了好看;为了让蔷薇爬满我望向尘世的窗口,眼睛里尽是美好的风景;也为了等松风暮雨驻足时,有床可栖。

我喜欢种蔷薇,看着它们一点一点爬满我窗前,好像我种出了全世界的热闹。我的蔷薇有墨香,因为种在我锄好的诗行上,青春的墨一直未干,每天我都在续写着青春的诗稿。

日常我不给花浇水,自有云雨来灌,这样开出的花瓣,有一朵朵云的模样。

看花人呢,也看成了一朵云的模样。

忽地想到有朋友评价我:像云朵一样的女孩。

内心又忍不住欢喜。

我确是要活成一朵云,一颗素心,透亮明净,自在无求,来去无挂碍。

活成一朵云，绕青山，笼烟岚，与明月撞满怀；卧流水，枕溪石，陪春风等花开。

然后，也容我骄傲地说："虽然你有好车，但是我有清风为马，诗引路；虽然你有好房，但是我有草庐一间，花香补屋；虽然你背着爱马仕，但我扛着一山的云；虽然你身穿绫罗绸缎，但我身披白月光……"

大自然里，草木众生，当我如是观照，它们都只为我所有，我便是这世间最富有的人。

虽然，满地的六便士，但是我只想抬头看天上的月亮；虽然门外烟火绚烂，请原谅，我只愿守着一院子花花草草，穷欢喜。

花开十亩，林深见鹿

第一次看到"林深见鹿"这几个字时，一下子被它惊艳到。心中暗暗赞叹，怎会有如此美的字呢？喜欢单从表面意思来读它，有一种静谧的小欢喜。那种意境里，有自己追寻的东西。

林深见鹿，一个词语，仿佛就是一片森林，是清晨的森林。霞光映在露水身上，是一种琥珀色，每片树叶上都挂着一个即将苏醒的世界。

走在森林里，熹光织锦，露水摇铃，我的脚印谱写着大地的弦音。清风徐徐，为我披蓑戴笠，流水潺潺，为我弹琴抚曲。

我朝着林深处款款而行，秋愈走愈深，雾愈走愈浓，我的脸颊被深秋的红叶映暖，我的眉宇被昨夜的白露打湿，我的眼眸被熹光种出一汪水泽，我的指尖流淌出大地吟哦的诗句。

走着走着，听闻空山一声回响，那是古刹敲醒酣眠人的钟声，看到露水从叶子上起舞，树影沙沙传来欢唱的笑声，我的身体在清风中舒展，我的呼吸在草香中得自在，一眨眼，泥土苏醒了，大地上蒙眬的人全都苏醒了。

恍然间，一头小鹿奔来，它白衣胜雪，薄雾披肩，笑意安然，身轻如风。它途经的草芽全部昂首仰望，草芽上的露水失神坠落，连着林间飘忽的云，也为之驻足凝望。

而它却不自知自己的美丽已经让万物为之倾倒，已经让森林中最美的花感到羞愧。它均匀的呼吸，化作一团团云萦绕在森林的上空，它身后的一串串脚印，刹那间幻化出一朵朵梅花，开遍林中。

我不知道自己走了多久，也不知道自己身在何处。我只知道，我飘忽的身体有了安宁的归处，我游荡的灵魂在这一刻有了皈依的居所。我在心中祈祷千千万万遍的美好恰是那小鹿回眸一笑，我在脚下朝圣的千千万万条道路正是林中一串串蹄音的回响。

从此，我成了世间最虔诚的信徒，甘愿穷极一生追逐一头"小鹿"，那"小鹿"是我精神世界最纯净的一角，是我念念在唇的理想，是我梦中吟诗作赋的主题，是生命背景中永恒的旋律，是需要用一生故地重游，再用一生去遗忘的宿命。

我甚至愿意做森林里的一片叶子，等着春水初生将我唤醒，然后被三千年前的诗人拾起，将我的纹理写进不朽的《诗经》。

我愿意做叶子上的一颗露水，等着林间的鸟雀来衔，被清晨觅食的小鹿惦记，将我小小的身躯，藏进它柔软的绒毛里。

我愿意做林间的一缕松风，在层峦叠翠间起舞一曲，等着花影从我身旁走过，将一朵朵游走的云轻轻地抱起。

我愿意用余生守着这片森林，三尺清简，怀素而栖；我愿意用尽生命中每一个清晨，等待小鹿从林深处苏醒；我愿意做一个绣娘，将每一缕黄昏的霞光绣成小鹿最绚烂的羽衣；我愿意用尽一生所有的热望，去行走，走到花开十亩，走到林深见鹿，只为触碰到胸口那滚烫的梦想！

时光结篱，岁月戴花

每一个平常的日子，都是光阴住处送来的一封鱼雁尺素，在漫长的岁月里，我们清新自喜地将其一一拆开。

然后，要用一双灼灼的双眼研墨，以满腔珍重为笔，将流水写作词，将日月谱作弦，将开满坡的桃夭勾勒成大地迷人的眉眼，将远山的烟岚一笔一画，画出一个又一个的春天。

临一片水湄，便如一片芒花尽情撒野，饱览云天；浮一片绿萍，便看云霞翠轩，烟波画船。

我们就这样深情款款地走着，如有旧时月色浇衣，荡漾出满身涟漪，眨眼间，菡萏初放，一眉欢喜。

时光住处，以这样一份深情相待日月，内心便会常自在，有春风扑面，如花在野。

喜欢在房间里养一把野花，在一瓶水里，养着一片山野，养着风声，雨声，花开声，养着春芽爆满，也养着古玉般的慢时光。

这时的一朵山花开，是代表整个森林来与我寒暄，是花香奔跑千里赶来与我相认。

如此，每日再从浊世疲惫而归，仿佛是回到一朵花里，一开门，花香染衣，我便像一滴珍重的蜜，被纯净无染的花蕊深深藏起。

喜欢静夜，闻起来有花香，清淡、迷人、不妖娆。但足以让你放下所有芥蒂，为之着迷而倾倒。

虫鸟寂寂，只听得露水声声，一一落座，像自然母亲敲打着木鱼。世间的绚烂表演落下帷幕，喧嚣岑寂，只有树叶沙沙作响，准备着空山松子的棋局。

而此时坐在窗前的我，像一缕古时照来的光线，安然，静好，不落俗尘，不与人间纠缠。

这样的一颗明净心，便可以在寻常的素日里，看到月光织锦，松风绣花，溪水摇响风铃，云朵吟诵《诗经》。

人生路漫漫，世事纷繁，欲海婆娑，我们终会在一草一木中明白，自己同一片叶子一样，同一棵松子无别，都是从自然中走来，也要走回到自然中去。我们从不比一粒泥土更珍贵，不会比一朵野花更静美，我们都要随四季枯荣，随光阴流转，终要化作一粒泥土，与苍茫浑厚的大地日日相伴，一日一安。

那时，我们便会懂得，自己曾拼命追逐来的繁华和辉煌，不如一捧泥土珍贵，不如一滴雨露慈悲，只有漫山遍野的杂草和野花，才会给我们最温暖的归宿、最妥帖的安慰。

如此，何必忙忙碌碌再去追逐无尽的荒芜？不如活成一朵野花，等一滴雨露来访，等一片云影织成衣裳，不问朝夕，灿烂在野；活成一个静夜，等一缕花香，等晚风迟来，看鸡鸭酣睡，宁静如云。

这样的慢时光里，你会看见门前清风落座，时光结篱，结出一藤藤美好的愿；你会看见白鹭翩飞，岁月戴花，每一季都是春天。

残荷听雪，枯寂之美

秋深处，偶然路过一片荷塘，大地色的莲蓬低垂着头。一排排，一片片，自成风景，有一种枯寂孤绝之美。

枯寂得像溪流尽处的一声绝响，像人逢末路一挥手，唤来一只老船，反倒有一种无言的美。

我是那么喜欢这种枯寂。于是，便想在自家门前养一池荷。

春天，等春风一寸寸来，泥土苏醒，我要将莲子一粒粒植入池塘。我走一步，风追一步，一俯首，一颗莲子安然落座。彼时，土地是我虔诚朝圣的庙宇，一颗颗莲子是我许下的愿。

我要用一颗莲子提笔，在池塘里溅出一行行诗句，让春风漾起的每一圈涟漪，都有一首诗的旖旎。

夏天，我要拔掉窗前的芭蕉树，只为听清一池荷拆苞的声响，像一片月光脱下外衣，顷刻间，洒满池碎玉。

我要在日历上记好花开的日期，整日地坐在窗前望着、盼着。旧时诗句念念在唇，动情处，十亩荷花一下子全开了。

秋天，我要等着红叶织锦，残荷披霜，看干枯的莲蓬穿上一袭老僧衣，白露沙沙颂着经文，深藏的莲子俯首倾听。薄雾游走其中，画出一痕痕淡烟疏影，万里枯寂不过一塘残荷听雨。

你听那秋雨，多像一把刻刀，将绿肥红瘦雕刻出隽永的棱角。金黄的银杏落发为尼，一卷金黄，一卷尘世的沧桑，秋风吹走过往，被大地一一封存收藏。

冬天，倚着窗前，晒着暖阳。望着门前一片荷塘，等风尽，等雪来。等雪来时，朝着湖心亭的方向披雪前往。置一火炉，燃诗煮雪，枯荷作盏，把酒言欢。

枯荷最是懂雪，懂它千万里赶来只为合一首诗的韵，懂它下到天下一白并不是为了做冬天的主角，懂它一片苦心想以自己的纯白淹没彩色的喧嚣，也自是懂得它甘愿化作一盏酒的凛冽与妖娆。

任思绪乘着雪花在残荷上流浪，它干裂的伤口被片片好雪缝合，雪潇潇地落，如短笛吟风。枯荷听雪，听的是自己的前世今生。

人的一生与一池荷并没有分别，要有出淤泥而不染的挣扎，要有含蓄隐忍，厚积薄发只为一拆苞的疼痛，要忍得住枯荷听雨的孤寂，纵然身披寒霜也要有笑谈风云，残荷听雪的美意。

在春风旖旎时御风而行，也要在冬雪来临时欣赏枯寂之美。

枯寂是人生中一种修行，是做一种减法。大美至简，去掉张扬的绿叶，减去耀眼的果实，只留一杆枯荷，一塘枯寂。看淡得失，懂得取舍，不迷恋赞美，不贪婪掌声，倾听一个人的枯寂，在枯之老境里静静地放空，沉淀。

在岁月的枯寂之处，宁静地守着，端然地静着，静成一个老僧模样。

空山结屋，心中有亭

赏古画《秋林亭子图》，眼神落在亭子上，久久徘徊。恍若奔跑了八万里的心思，一下子在这个简陋的亭子里安住下来。

一种久违的安住之感。

还哪管画中尽是何物，山宽水阔，松萝叠翠，都不管。就这一个小亭子，足够。

读古文，赏古画，常在一个字里迷路，在一滴墨里幽居，兴之所至，总生起一种幻想。想着自己走进一本古书里，赖着不出来，站成一枚书签。走进一幅古画里，在某一座茅屋、一座草亭里藏起来，再不理会俗世三千。

在现实中，也格外痴迷着深山涧水，常独自往深山，想要搜寻一处世外之地，于空山结屋，临水照花、照树、照月光、照出我世外模样。

梦想着有朝一日可以找寻到这样一处理想的位置：山径陡峭，山上石垒，石上遍生杂树，杂树开花。不远处有野瀑层层叠叠，如浪踏来。流水泻泻，雾气蒸腾，人走过，如穿水帘，涤净尘劳，只剩满面清泠，重回少年模样。

水畔山下，有一处空地，绿草为衣，清澈绝尘。在这里，空山结屋，山风为檐，插上一截枯荷作烟囱，俗世的炊烟走过，洇染出几分禅意。种一树野海棠挂窗前的帘，一场雪落，木窗上无数个小火炉自生暖意。

屋旁种出斜竹几枝，悠闲自在。盛夏时节，听竹叶鸣箫，落满院凉风习习。

虽这样的好地方尚未寻到，但在眼前的古画里小住时日，也算解了内心深处空山结屋的情结。

画中虽没有茅屋，却有一个草亭。八大山人的笔真是妙。几点浓墨，几道素简的线条，清逸阔朗的小亭便夺去所有目光，所有心意。它却一副毫不在意的模样，闲看溪水，自起清风。

亭后远处，石山劲拔苍莽，似一老者举目望远，有一种清寂到极致的静气，恍若永不苍老的时光，在淡然如墨地看着尘世。

溪上沙洲数点，树木稀疏，似一个个等船来渡的人。抑或只是闲立溪中听水声。岸上，一条山路连接着远山和小亭，总感觉自己就是那个赶路的诗人，偶逢这一处小亭便不再启程。

整幅画里，大片留白，更生出一片幽深旷古的韵致，将目光牵引到无尽的远方，也将一颗痴心牵回到古时去。

这时再从画中走出来，心中恍然已建成一座小亭。好像只一座小亭，自会溪鸣山谷，唤来远方的诗人。只一座小亭，落叶有韵，山石生花，好月不落别处，烟笼雾绕，松风自来。

人世纷繁，纵然走回古画的小径，已被喧嚣淹没，空山结屋的梦想，也被俗人偷去。但在心中，可以建起这样一座小亭，俗务里累了倦了，让心退回到小亭里，闭目赏月，关耳听风，桃花酿酒醉入十里香，也自会有荷塘月色映眉弯。

安之若素，宛若花容

曾将微信名字叫作"安之若素"。不过是许下一个愿望，在风大浪急的人生浩海里，能够活成这样静美的姿态，安之若素，宛若花容，真好。

喜欢"安之若素"这几个字，有某种令人痴迷的禅意。恍若是千年古寺里的一声晨钟，是一条通幽的小径，抑或是清晨小鹿衔在唇上的那滴露水，让人内心一下子安住下来。看到灵魂静寂地在身体内打坐，目之所及，一切安好。

安之若素，像独自一人没有任何对白的电影。主角是我。故事里，我穿上一袭清风衣，迈着歙歙的步子，走向茫茫旷野。小路幽深，四野岑寂，晚风牵着露水散步。我像牵牛花的藤蔓，在林子里探寻着花开的消息。

忽遇小荷塘，一片清凉的白月光从天而至，映着荷塘里一枝初放的菡萏。像我，遇到了前世的自己。那月光分明是五十弦琴瑟，在一圈圈涟漪里，弹奏着肖邦的夜曲。

那曲子是我灵魂深处的回音，在一个这样的晚上苏醒。

安之若素，一个词，便是一个日式的庭院。门前一棵老松，将来往的风全都打劫，种一院子松风，等着停云，等着挂满鸟鸣。院子里，几根翠竹闲散地立在墙角，风过竹响，吹出一箫梵音。

几块浑圆的鹅卵石蜿蜒出一条小路，静美得像一篇散文，恍若走到路的尽头，是东晋的《桃花源记》。

每当林风将满山的花香带进木格子窗里，会有系着素色围裙的女子探出头来，她手捧白瓷碗，接花香烹茶煮酒。却不经意，染花香满衣。不多久，窗子里飘出一缕缕香气，刚回家的男子已有几分醉意。

看风景的人，何曾不是醉了又醉，在这篇松风落笔写就的叙事里。

安之若素，是八大山人的画，是他画中那个气质不凡的草亭。素简几笔，却将画者骨子里的孤绝和静气淋漓尽致地挥笔。你看着，就再也挪不开眼，就被勾了魂儿去。

而你却那么心甘情愿。你的眼神久久地静定在亭子里，好像可以等来三千年前的诗人，与你深情对视。

也是陶渊明的诗，几个简单的字组合在一起，就有令人痴迷忘返的美意。极简的几个字，就是他的南山，他的草庐，他二十多年撒在田园里的脚印。这几个字，就是他灵魂的地址。

安之若素，是我念念在唇的愿，是我写进骨头里的诗歌，是我终于活成一朵花的样子。

活成静在山野里的一朵小花，不是迷人的罂粟，不是硕大的百合，也不是热烈的蔷薇，只是一朵不起眼的甚至叫不出名字的小花。它无须他人关注的目光，无须花盆里撒满肥料的土壤，更无须某个多情的诗人把它当作眼睛的供养。

它只想要在无人的田野撒欢地绽放，饱饮露水，暗自芬芳。

就这样，活成一朵花的模样，在狂浪的时光里，不问朝夕，安之若素。

第五辑　松风煮酒

松风煮酒，林下鸣琴

北方早春，乍暖还寒。忽来一场雪，雾锁烟岚，树披白衫。似一群翩翩少年打马走过，风吹雪飞，清泠洒然。此时走进山中，寻一截枯木，临涧而坐，听鸟鸣啄雪，叶落石响，看冬阳送暖，屋舍炊烟。

这样的静谧时光，是一叶小舟，可以载我回到古时的某一天。

古有雅事：焚香、品茗、插花、挂画……让千百年来文人雅士品了又品，爱了又爱。随便翻开一本古籍，便有净瓶插花、逐水寻幽的雅致，哪怕在留白处，也似有熏香缭绕，袅袅娜娜，直勾了人的魂儿去。

而我总觉得，在古时，最惬意的事莫过于邀三两知己入深山，松风煮酒，林下鸣琴。

彼时，还哪里需要去管是否雅致，能够活得如此肆意洒脱，酣畅淋漓，兴之所至，疏放狂浪，谁能说这不是一种大雅？一种动人肺腑的真性情？所以常想着，若能在俗世中，辟出一方净土，如此活一次，该是莫大的幸事。

借一小舟，回到古时，我定要做一回男子。

我该是一个眉目清澈的男子。身着一袭白衣，站在高处，眺望远山云海，遐思万里。纶巾飞扬，清风荡袖，或莞尔一笑，或牧云吟诗，满山逍遥。身似浮云常自在，意随流水任西东。

做一个狂放不羁的人，笑傲风云，自在欢喜。

平日里，邀好友，提壶涉水，抱琴寻风往深山。

登高望远，看山尖起伏，踏浪而来，大朵的云将亭台楼榭抬起，缥缈于野。似某个画家，兴之所至，挥毫泼墨，画云牵远山，浩浩荡荡，层叠而出。

古树于悬崖峭壁间探出三两斜枝，风起云过，被老树绊倒一朵，挂在枝上，似一只白鹤蹁跹起舞，衔信归来。

是光阴寄来好信，拆信之人，开怀大笑。轻捻胡须，诗兴大发，写一首长诗寄到岁月深处去，寄给千年后隐居在桃花坞的自己。

随即折枝生火，摘云围炉，舀三两松风煮酒助兴。不多时，松香滚沸蒸腾，几人拂袍而坐，痛快畅饮。情之所至，诗如野瀑，滔滔不绝于纸上。

诗作万首，酒过三巡，炉火酣睡，几人抱琴而眠。忽有林风悄来，落于琴上，弦音妙响。我等狂士，闻声乍醒，不觉间，十指已跃于琴上，如云绕溪石，潺潺淙淙，恍若将高山流水皆摄魂魄于古琴之上。霎时间，我也幻化成一个音符，回荡在林下清溪之间。

间或落于溪石上，听涛闻香，静坐风雅。柳岸悠然，翠鸟衔鸣其间，偶有小船自岸边漂来，船上垂钓的老者，鱼竿闲置身后，他自顾醉酒当歌。

静观眼前一切，神志飘忽。

时光若游鱼，在岁月的溪中穿流而过，甚至还没来得及看清它的身影，便空留一个逍遥而去的轮廓。端坐于流水的时光里，一切追逐皆如浮萍，万般荣华辗转间漂流而过。

倒不如及时行乐，或林下鸣琴，或松风煮酒，如此快意人生，才不枉好年华。

再回首，往事住处，我身似茅屋，种一树桃花覆顶围篱，任疏雨相过，闲把落花谱成歌。

院中有亭，养一首诗

立春之前，便忙着买来各种菜籽，在窗台上的花盆里种春天。眼看着小小的花盆被一丛丛绿色胀满，心里也发出嫩芽儿来。此时的窗外依然林寒洞肃，一片枯寂萧索之相，可眼里却仿佛有千万只桃花吐着骨朵儿，吐着香。

等春天来了，我就要开始忙了。女儿说要养一只猫、一只狗、两只兔子、一头猪，还有一只小羊。我欣然应允，不想做阻碍到她的妈妈，所以哪怕我从未养过，甚至从未摸过一只猫，也想尽力成全。

春天，的确适合养些什么。孩子养一群小动物，养的是童心童趣，是人之初最纯粹的友情、最真的爱意。我呢，也该养些什么。

春天来了，我就忙着采回竹子，把院子围得高高的，养一院子松风。晚饭后，可以坐在院子里，听风行竹上，吹起一箫清凉的曲子。看风将炊烟蜿蜒出遥远的形状，而我依然单纯，没有烦恼。

一院子的松风，将远山的香全偷来了，像青春里的一个吻，在鼻尖跳跃。转而又划过我的脸颊、发梢，轻轻落在小池塘里，落在一圈涟漪

上，写着暧昧的字。

在门口，要养一棵大树，等某一个清晨，浓雾弥漫，某一朵云迷路，我就把它养在大树上。

夕阳将来往行人的影子拉得悠长，晚霞将这些影子拓在云上，走过的人都会有着云模样。等到春风一吹，枯木抽芽，云上生出一丛丛新绿，想想就是美事。

院中有草亭，在亭里要养一首诗。南方的燕子，山里的小鸟会听懂三千年的呼唤争着来衔，这之后，村子里每一声鸟鸣都会吟唱诗句。我会每天给小亭浇水、施肥，喂饱诗的魂魄。等它唤醒《诗经》的魂，挂作小亭的风铃。

院子里放着一张老木桌子，我会赶在月圆之夜，在湛蓝的扎染布上置一素瓶，等月色簌簌落在院子里，落在桌子上，我要养一瓶月光，作清供。当一片花影落在我身上，我会停下手中的笔，任思绪在脑海里动荡。任月光在我的诗稿上走笔，撒野似的，将回忆里的故事写到苍凉。

桌子上，始终养着一砚清水。让这一抹清澈，养好我手中的老笔，养好我笔下的字，让每一个字里都有我眉目如洗的样子，让我每一个笑靥都润在我写出的故事里。让这一砚清喜洇开我眼中的欲望，让一颗颗透亮的水珠养着我莲心不染的灵魂。

如此，任时光苍茫，我的灵魂始终葱绿。

在这素常的日子里，在素净的小院里，熏香，冥想，等熹光。提水，煮茶，坐黄昏。日复一日，慢慢地走着，走回古时的某一年。

在每个平凡的日子里，我养着炊烟，柴火，养着一冬的白雪。养着白露，秋霜，养着满架露水。养着江南的二十四桥明月，养着一帘春深，烟柳画桥。我也养出了人间最真的微笑、世间最纯粹的灵魂。

听一炉香

喜欢在素简的生活里，熏一炉香。从兵荒马乱的尘世逃回来，一推开门，仿佛一下子掉进一朵花苞里，像一个美好的秘密似的，被它深深藏起。

一炉香，是世间最温暖的地址，香在家中缭绕，奔跑在外的身体便不会迷路。

静静地燃一炉香，看它在端然的空气中笼出一缕烟岚。俗尘俗念随着檀香在燃烧，欲望也在燃烧，化作一寸寸香灰。这个时候，一缕香，是灵魂的清道夫，没有欲望的负累，身体也变得轻快起来，轻如一粒灰。

喜欢看香总是不动声色地燃烧着，有一种静美。像在空气织就的绸缎上一针一线地穿引着，绣出一幅空灵禅意的简笔画。只是素简的几个线条，便绣出了一痕远山淡烟，绣出了空山松子落，绣出了风雪夜归人。

看到一片初雪地上，落下一串串脚印，蜡梅便噼里啪啦地开了。

我看得出神，而它呢，依然在不管不顾地绣啊绣。绣出一只只白蝶翩翩然飞起，内心不禁雀跃而欢喜。

它将房间里，所有的所有，全都绣在一幅古画里去了，我静静地看着，不晓得自己也被画作一枚印章，盖在古画的一角，被封印在静美的时光里，挪不动步。

一炉香，可看，可闻，亦可听。

闻香，最好在小木楼里，最好是雨天。那淡淡的香气和房间里的木头香，在一呼一吸间，水乳交融，缠缠绕绕，在身体里散漫肆意地舒展，在闻香人的回忆里，迈着碎步，一寸寸搜寻着往昔的暖。

它们合伙把一滴滴檐下的雨打劫进来，房内的空气里清清凉凉，恍若一颗颗雨珠儿上开出一朵朵薄荷来。

闻香，要在夜里。这时候，一缕香里有月光的味道。月光赶来时的脚步，溅出荷塘一圈圈里的涟漪，而闻香人是一粒被溅起的水珠儿，撒着欢似的享受着那一刻的欢愉。

若一炉香是一种音乐，那么檀香绝不是大剧场里的交响乐，而是月下田间的小夜曲，曲中流淌着草木的香。让人心安又温暖，熨帖又自在。

一炉檀香像一片秋季的旷野，闭上眼睛细细地听，有两行白鹭扑腾着翅膀，从金黄的稻田中飞起。稻香如醉，在如瓷如玉的静夜里散步写诗，清风为它着迷而停下来，甘心不要八千里路的云和月，做一首诗的韵脚。

听香。能听到一缕香里流出一条小溪，溪响山石，潺潺淙淙，似一把古琴被轻轻抚起。竹风猎猎，急着拆开一个个信封似的，原来是一声鸟鸣从千年前的大唐寄来的诗句。

一屋一卷一炉香，一抹烟岚，一笛惆怅。

做人也当如这一炉香，活成一种世外的超脱模样，与喧嚣绝缘，不与繁华做过多纠缠，开成一朵田野里不起眼的小花，任世事浮华，它自是"雨疏香气微微透，风定素花静静开"，暗香盈袖，不露锋芒。

这样的一炉香里，时光不墨千秋画，岁月无弦万古琴。

一炉香里，明月来相照，白露悟菩提。

愿做一本书

爱书，与生俱来的爱。

总觉得一本书便是一间禅房，有草木供养，清风涤尘。翻开一页，木鱼声起，尘埃落尽；一本书是一捧柴薪，哪怕窗外风雪交加，滴水结冰，一颗痴心便如一粒火种，可在书中烈烈燃烧；一本书亦是一扇门，当我走进去，也关上了尘世的门，我不出去，嘈杂喧嚣进不来。

当我痴迷的眼神行走在字里行间，恰如桃花落满白马，只等着春风拾起嗒嗒的蹄音，我便可十里红装，扬鞭归隐。

我也想活成一本书，一本泛黄的、老旧的书。

封面上只画一痕远山淡烟，再无其他。

"再无其他"是为人生做减法，是与凡尘断舍离。

停下无止境的追逐，减掉劳心的欲望，解开束缚呼吸的枷锁，舍弃当下不需要的物品。放下我执，转身离开不舒服的关系。

生活因此变得从容素简，人生变得通透清明。

"再无其他"是一种人生的境界，过去的念，当下的执，未来的忧，统统抛却。只留一支瘦笔，自静养墨，只有一根枯枝，落满春风。

人生这本书的封面上，只留一痕远山淡烟，是何等洒脱？是几笔淡墨，自养朗朗乾坤；是花开十里绕指柔，草木葳蕤一山空；是"自放春风颠，起舞春风前"的大境界。

我若是一本书，断然不要出现在华丽的图书馆里，看着来往穿梭的人群兵荒马乱，挨个举起我拍照，却少有人静下心多看一眼。

令人沉醉的文字成了文艺戏码的道具，一千个从我身上抚过的手指，却遇不到一种令我心动的温度。

我要静于一个老书架上，简简单单的老书架，有岁月的温度，那是我寻寻觅觅的暖。

只是闲闲地坐在上面，风吹起窗前的白纱帘拂到我身上，像一场温暖的寒暄，无须多言，却相宜静好。

暖阳照拂在我的身上，安慰着一行一段的烟岚，一字一句的温暖。微尘在我身上静坐修禅，我不掸去，拥它入怀，自修一份善缘。

我要静在一张摩挲出光亮的老桌子上，纹理中透出草木清香。案上有一个旧陶罐，一定要有裂痕的那种，什么都不种，里边养着春天。

还要被拥有一颗老灵魂的人翻看，一颗老灵魂才足够有温度。他定会坐在一把经年的老藤椅上，将我带回到"从前慢"。

他的指尖一页一页翻过去，会有旧时月色落在我身上，安稳，明亮。他眉蓄清风，双瞳剪水，指尖过处是一行行岁月的诗句。

如果我是一本书，要被春风写作韵脚，要被流水谱成曲子，要在我的书页里夹好秋天的草籽，当一种熟悉的温度掠过，顷刻间，春芽爆满。

我会忘记自己来自哪个朝代，也不在意读过我的人是否再次念起，我自朝饮甘露去，暮踏彩云归，倚风自笑，奉花自语。不念烟火繁华，不与尘世纠缠，安于一隅，清心自喜。

旧时月色照吾衣

旧，是一种温度。妥帖、清寂、温润，不动声色地与岁月相守相安。旧，是一条烟波巷，是巷子里卖豆浆的小店，冒着热气；旧，是一袭冬荷裳，簌簌风起，僧衣飘雪，吟诵七月的信仰；旧，也是一朵行八千里不忘归途的云，总会撷来旧时月色，种欢喜，照吾衣。

旧，是一张老照片，每每翻看，往事清晰如昨。仿佛那些深切的呼唤还在，雀跃的盼望还在，但是那个他，早已从你的光阴里溜走，走到另一本相册里去，与另一个她烹火煮茶，共话桑麻。

而你并不失落，仿佛一切都是理所应当。你没有埋怨，也不嗔怪，眉宇间风轻云淡，皱纹里宁静从容。只是放在老照片上的手指，久久不肯挪步，一遍遍抚摸着，抚摸着，抚出一笛惆怅。

旧，是和他一起走过的路。阔别经年，一旧再旧，但依然在你的回忆里泛着光。

那故人是窗外的远山，烟雾缭绕，忽隐忽现。你的眼神不顾一切，从窗前一朵花苞里出发，穿过十里画廊，越过粉墙黛瓦，直奔到山的尽头，才发现那早已不是一个温暖的地址，可以任你抵达。

而你并未迷失，也不彷徨。仿佛遇见了自己做过的一个梦，天亮了，自然会散场。但你回家的脚步却不再轻盈，恍若被清晨的薄雾绊住腿脚。鸟雀衔走你身后的脚印，路旁的蔓草被熹光抚出泪水。

旧，是一个裂痕斑斑的老陶罐，盛放着清水样的时光。一道道裂痕，是时光里的掌纹，喜欢算命的先生说它命里住着花香。若罐子里的故事太多，自有清风来抬。若故事里的破碎太多，自有花影来补。你会讶异，这个老陶罐，年岁愈久，愈焕发出如瓷如玉的光。

那哪里还只是个罐子，分明是你的一颗心。在兵荒马乱的岁月里走过，早已被伤到千疮百孔。但你不畏惧，也不慌张。你笃定地相信着，自己的命里有花香。

于是，被尘世伤到一寸，你便裁月光来补。伤过一痕，便寻莐草来缝。直到那些流过血的伤口在时间里结痂，那些撕扯的裂痕在光阴里愈合，此时，你的微笑，是花覆茅檐的小屋。任时光仓皇奔走，门外狂风怒号，你全部视若无睹，淡然相对，自看窗前疏雨相过。

旧，是一个人的历史，是生命中一场任性的雪。

它悄无声息地落着，落到无法无天，将此刻之前的一切掩埋。当你回头去望，那落满雪的往事，早已化作一树树的梨花白、杏花黄，在灯火阑珊处闪烁着迷人的光。

而你只是安静地看着，看着，仿佛昨天与你无关。但你迟迟不肯移开的目光，已经出卖了你。它似乎在等，等今天寄出信笺，等风长出翅膀，在遥远的某一天你会与旧时月色重逢，照亮你尘世的衣裳。

僧敲月下门

我走在一片月光上，随着晚风在云深处打着转，然后轻轻地落在林中满地光影的斑驳里。夜深寂寂，大地安眠。我看到花骨朵儿均匀地呼吸着，睡意正酣。露水似乎做了一个梦，在叶子上翻动几下身体，又睡下了。

我悄悄地走在林中，走得像一片月光那样轻。脚步，像一块块温润的老玉，极尽温柔地与泥土亲昵。透过树叶落下的光影，有玉的质地，忍不住蹲下来深深地抚摸。

露水湿衣，清清凉凉，像淘气的孩童在我身上挥舞着涂鸦的笔墨，我不动，任由它们调皮，是我能够给予最深的宠溺。

有小鹿从林中来，在一束从古时穿越而来的光线里舔舐着花露，那婀娜的光线是它最美的衣，仿佛是月光在它身上翻找着三千年前的诗句。

如果说人生必要有一场追逐才算完整，我愿意终其一生循着小鹿的脚印前行。

于它的生命中，最珍贵的是清晨的草芽和夜色里的露水。住在深山里，云深处，花香垒屋，草木同宿。外出觅食，有萤虫引路，一片片婆娑的树影是月亮拟好的词牌名，林风摇曳忙着填词，小鹿跳溪而过，挂满身诗意。身旁有清溪潺潺，为它指点白露的住处。走累了，它便坐到一束光线里小憩，心轻如飞絮，饱食而遨游。

幸福的真谛是如此简单，以一片月光之轻，便可抵达。

一场突然造访的梦。但醒来，眼里却有青翠欲滴的绿意爬上来，爬到翻开的书卷上，爬到我心里来。

那之后，我常为等一片月色到来，把清风灌醉，斗胆在人间贩卖黄昏，收集所有的暖，只为素履以往月色深处时，不惹风寒。

我常为山溪谱好一首曲子，等着投映在溪中的花影来弹，天上人间，千年万年，我痴痴地等，等溪石上的云朵入睡，等山谷传来一声回音。

我常用一整天一整天的时间为草木织衣，山花一朵朵身材各不同，我一针一线缝补白云，只为在月落乌啼霜满天时，草木众生都有云衣可披。

如此，我的脸颊上挂着黄昏饮醉之后的红润光泽，照亮我前行的路；我的指尖流淌着一条清溪谱奏的序曲，涤净我灵魂的居所；我的身上常有云朵披衣，月光织锦，清风摇转着经幡。

以这样的姿态，再行走林间，我能听到森林密语。

云是树木的呼吸，花影是天空的日记，山风猎猎作响是古籍里嗒嗒送信的马蹄，涓涓流淌的小溪是大唐的诗人遗落在此的诗句。

走在夜色里，我能看到千年前的诗眼激烈地争论，燃烧着永不灭的诗火。这光亮将森林披上恍若隔世的羽衣。

我能听到木鱼声声，踏着月色赶来，为我身旁的每一株草芽挂上经幡，我站在松香摇转经幡的猎猎风中，与自己的前生和来世相遇。

不远处，月光泻在一片金黄的银杏叶上，闪着琉璃般的光芒。叶子的纹理是僧人朝圣的路，我看到一步一叩拜的僧人，沐浴在佛光里，匍匐在月光下，终于敲开一间老寺的禅门。

一叶一菩提。

若心中有菩提，一片叶子便是一座庙宇。

当我们关上红尘的门，向内观照，便可等到风雪夜归人，便可看见僧敲月下门。

人静如墨，心生欢喜

我想活成一砚墨，在你提笔的瞬间静到一张宣纸上。

在你挥毫的纸上，我要静成你笔下雄浑的江河，静成远山苍劲的骨骼，静成山间撞响崖壁的清溪，静成薰风拂动荷塘漾起的月色。

我要静在魏晋诗人的笔下，春风自来，笔落花开；我要静在一卷古籍里的三里长亭，等着大唐诗人的快马驮来唐诗三百；我要静在三百年前布达拉宫的雪夜里，捧读仓央嘉措脚印里遗落的情诗；我还要静在东坡一首词里，千年未干的墨迹是他清风荡袖一蓑烟雨的旷达襟怀。

兵荒马乱的尘世物欲，争魂夺魄的纸醉金迷，放养猛虎三千，偏爱一枝蔷薇，不理功名利禄，独守疏篱竹坞。关上门，在一本线装书里，静成一滴墨是多么豪壮的奢侈。

总觉得形容一个人"静气"的美，最恰当的比喻莫过于静如一滴墨。

一个人内心宁静的时候，像从一张古画里醒来，时钟忘记摇摆，菡萏忘记初开，就那么静着，像古画里那滴安静的墨，静成千万年不变的模样。

静成一滴墨，像远山一痕淡烟自由勾勒；像农家一缕炊烟自在蜿蜒；像春天的风吹过夏天的花影，无所谓季节；像秋天的银杏叶落在天下一白的冬雪里，赴前世的约。

当我翻看一本痴爱的古籍，手指从一字一句上抚过，像抚摸着我自己，此刻，我像一滴墨，被古人写进这卷书里，今生翻开是命中注定的相遇。

当我看一幅古画，会恍然走进画中，古时的光线照拂着我，我像一滴墨，在暖阳下渐渐风干，静在画中的檐下，静在檐下的雨里，静在一朵花的香里，静在画下方的印章里，与题诗作画的古人温暖相认。

当我看着桌案上的老莲蓬，我会静成一滴墨，在宇宙洪荒的荷塘里挥笔一池涟漪。时光溅起的淤泥里，已埋伏好十万大军的莲子，只等着我一声喷嚏，十万枝荷花就会开成娉婷的少女。

当我坐在秋日的院心，阳光将我斑驳成一树叶影，将我安然的灵魂铺展满地，那时的我静如一滴墨，被秋风词笔一次次提起。提笔是袭袭凉风起，落笔是黄叶染吾衣。

我静如一滴墨，坐在时光展卷的画里。摇椅轻轻地摇着，风轻轻吹着。桃花红，杏花白，每一眨眼都有一种花开；清风曲，日月弦，每一低眉都会拨响大地的琴音。

我均匀的呼吸，是候鸟衔来远方的消息，在朗朗长空里，展信君安。我黛色的眸子，是星辰撒在画中的火种，目光所及，岁月深处有熊熊的热望燃烧成诗。

我静如一滴墨，在宇宙的无涯里，在远山的云生处。我是远方故人写下的鱼雁尺素，我是华枝春满寄给天心月圆的素笺家书，我是翻云覆雨的欲海里一只轻身靠岸的船，我是林深处小鹿觅食时挂在鼻尖的露水。

我静如一滴墨，执光阴之笔，朝着岁月深处深情地写着，写到如花在野馨香染衣，写到林深见鹿心生欢喜。

狂风吹古月，珍重待春风

一直偏爱莲蓬，干枯的老莲蓬。平时看书写字的桌案上没有其他，只有一个老陶罐，里边插着两枝老莲蓬。

喜欢老的东西。

寻常日子里，读书累了，总爱看着这两个老莲蓬发呆。这个时候，世界是宁静的，只有这一对老朋友目光蔼然地看着我。我看到月光透过木窗，悄悄落在它们身上，有一种时光温润、岁月娟然的美好。这时候，在它们身上，我看到的仿佛是自己世外的样子。

不管窗外什么季节，也不管院子里樱桃花谢梨花发，好像热闹都是别人的，与它们无关。它们就这么静静地安于一隅，任时光多么苍老，都拿它们无可奈何。

每次看着看着，总会想起李白的一句"狂风吹古月"。仿佛这一句诗，就是一阵从古时吹来的风，吹了几千年，可月亮从未被它吹走半点光亮，就那么自顾自地挂在天上，静静地看着风起云涌，不为所动。

我想人生最难得的，便是如一轮古月那样自在与从容吧？

忽地想到有一次去双廊，街道上热闹如常，游客很多，吵吵嚷嚷，大多在忙着拍照。我不喜欢热闹，便随意钻进一旁的老街道里闲逛。

老巷子里有旧时的风，拂在脸上，妥帖的温柔。空气里有一种淡淡的霉味儿，让人心安。这种味道像一个邮差，把人一下子邮寄到很久很久以前的回忆里。好像走入的并不是一条老街道，而是走在前生前世的某段路上。

兀地抬头，我顿了下来。眼前是一个破旧的老戏台，上边围着三桌老人，在打麻将。老人们年龄都在 80 岁以上，白发如雪，很醒目。乍一看像一团团轻飘飘的云落在那里。

老戏台下，有六位白族的老阿婆在掷骰子，脸上堆叠的皱纹随着她们表情的变化起起伏伏，仿佛是光阴在她们脸上谱着曲子。她们都穿着白族传统的服装，深秋天空的蓝搭配着云的白。耳坠也都是一样，银坠子上镶嵌着水滴形状的老绿色翡翠，像映着云影的绿湖。

突然觉得，是一阵风把我吹到这里，眼前的画面与刚刚街道上的喧嚣格格不入，该是古时某个月份里的某个寻常风景，或者说，她们是从古籍里偷偷跑出来的人。

眼前的一幕又让我想到洱海边看到过的一口老缸，废弃的老缸，满面斑驳，该是有些年头了。里边盛满积年的雨水，上面漂浮着一朵朵淡黄色的极小极小的花，那么自在地飘在那里。是赶着送信的风，将信封里的花籽撒在老缸里的吗？还是哪个有心人特意把花养在这里的？或者是老缸闲时自己种的花，为了让落下的雨都有个美好的期许。

洱海边常有来往的行人，但老缸始终如如不动，任风吹，任雪落，任岁月枯淡疏寂，它自成风景。

是啊。老，本身就是一种风景啊！

当我们老了，看过了世间万般模样，知道了人生中得意如春风，当山花开满南山枝，它就会停下；失意如白雪，当阳光泼满大地，它终会融化。

生命中，没有不能登顶的高山，没有趟不过去的河流，时光会游走，热闹会沉寂。平常的日子，像老阿婆手中摩挲的骰子，终会被包了浆，泛出温暖的光亮。我们终会与过往的光阴化干戈为玉帛，学会虔诚地对待当下每一天，与岁月相宜静好，珍重待春风。

当叶落的忧伤再也赚不到我们一滴眼泪，当茸茸的绿意再也不能在我们心中泛起涟漪，或许是我们老了，但又有什么关系呢？

老了，就活成一株老莲蓬，不悲不喜，寂静安然；活成白族老阿婆的模样，不慌不忙，勒马慢行；活成洱海边的一口老缸，不垢不净，自放春风。

老了，活成一轮古月，任狂风无法无天，我依然从容相对，珍重待春风。

烟笼千里色，新篁响晚风

看农家傍晚的炊烟，在远山的空里笼一坡烟岚。流水裁衣，为它披满身的霞。风为马，载着它向云深处浅慢蜿蜒。

此时的村庄会静成一幅古画。村子里的人，一个一个，走进画中去。

一家，两家，三四家……烟囱里冒出一缕缕烟是村人的脚印，赶着去赴一滴墨的约。

黄昏在不见炊烟时谢幕，月色在雪落时走来。

此时的月色，像一个神仙赐到人间的封印，将满世界的喧嚣点了穴，一一封存。此时的一场雪呢，是天空挥墨写的一个又一个静字，泻下一缕缕静气，笼盖四野。

人生中，何尝不需要这样一缕炊烟、一片月色、一场初雪？

在物欲横流时，笼一缕烟霞，走出几个宁静的脚印；在奔波不息时，擎起一片月光，照亮回归本心的路；在心浮气躁时，精神世界里需要一场初雪，下到天下一白，下到万物归于沉寂，让昨天成为过去，时光从今天重新开始。

但最需要的，是在心底要有这样一个村庄，一座茅屋篱舍。茫然时依然有温暖的地址可以抵达，焦虑时依然有心中的花园栽菊种花。

这座茅屋，不要一扇明净窗，不要一片琉璃瓦。一定要有它独特的精神气质。

草木围屏，杂花在野，是茅屋的地址。要云朵和泥，清风来修。再请月光搬来十亩荷香作屋顶。每到燥热的盛夏，房顶一枝枝半开的菡萏，自起凉风，摇啊摇，摇出满院子花香涟漪，坐在满地的花影里，会有一尾尾游鱼从心中过，骄阳灼人，心中却有芰荷映水。

要请苏东坡赶来挥墨作词，为茅屋砌上一卷烟囱，这样一日三餐时，炊烟出去游荡，会像苏子竹杖芒鞋一身洒然，挥洒出漫天的墨香。墨染月光会泻下一句句东坡词，在我门前落座，我不经意地一开门，古时的光线踩着一词一句照进来。

房子要有老格子纸窗，只为等风来。夜晚可以坐在檐下，听晚风走在窗纸上，吹响一笛惆怅。清晨会有熹光在上面散步，窗纸发出吱呀吱呀的声响，听到露水走远，一窗明媚住进来。

房子里清简，有古时的模样，只为在兵荒马乱的尘世间，打劫一段放慢的老时光。用林间老到断掉的木头做一床、一桌、一椅，鸟衔来树枝作柴，秋风吹落的叶子作碗，日常有清溪解渴、花露果腹，如此足矣。

房子里甚至可以不通电，那些扰乱自然规律的电子产品离得越远越好。也无须看时间，日月是最杰出的钟表。

院子周围要种几丛竹，院里还要种很多树。不做别的用途，只为看翠竹在眼前抚玉，竹风在耳畔流泉。看喜鹊在树枝上搭窝，听树叶沙沙写诗。

此刻，两千年前丝绸之路上的驼铃声也驮不来一寸烟火繁华，且让尘世间的喧嚣尽情喧嚣，宝马雕车的富贵且去富贵。都与我无关。

在这里，时光像日月般永恒，活得会忘记朝代。

我就坐在这座守护灵魂的老院子里，晨起，看远山烟笼千里色；日暮，听门前新篁响晚风。

勒马慢行，捉云入笼

常有一些不切实际的想法，比如想要日常的工作是"采诗官"，布衣素衫，竹杖芒鞋，清风荡袖，挥手流香。走在林深处，拾起小鹿的蹄印，夹在诗册里，做一首诗的韵脚；走在寻常古巷，采回老木窗里的笑声，做成明媚好看的书签，夹在一首忧伤的诗里。

也想做一名"捉云官"，平日里不做其他，专盯着一朵朵，一团团，一片片的云。坐在院子里，看到云落屋檐一朵，赶紧寻来梯子攀上去，开怀一抱，拥满怀云。

看远山有云流过，快马加鞭赶去追，行至溪边，看到白云卧溪石，在稍作休息。即刻勒马慢行，悄悄走近，甚至不敢呼吸，生怕一个哈欠把它惊落。挥手一个翩翩，张开布袋，捉云入笼。

这些想法虽不切实际，但足以让自己欢喜好一阵子。

想到苏轼有一诗《攓云篇》，其引言别有趣味：余自城中还道中，云气自山中来，如群马奔突，以手掇开，笼收其中。归家，云盈笼，开而放之，作《撄云篇》。

读之豪气荡胸，顿觉一身洒然。若捉回一笼云，开笼一放，似万马奔腾，云哗啦啦流满屋，真是令人惊叹！翻开的书卷上落一朵，卧床上一朵，饭碗里又一朵……那么住在这里的人也必定会身轻如云，颊染云色，耳畔生风，双眸流泉。

能够抛开一切去追云的人，心中定是蓄养着诗意。一份诗意，让素朴的日子有了不同。若平常日子是一方素帛，那么这一份诗意便是时光织锦，绣上一朵朵暗花，行住坐卧，常有流水涤尘，暖香盈袖。这份诗意，是衣襟别着花，朝着一首诗的方向深情孤往，你随意自在地走着，眉间自生清风，脚步里有瀑声。

可如今，有几人能有如此闲情雅致，愿意停下匆匆的脚步，为一朵云驻足费神？有几人能够为一次深情的凝望舒展开时时紧蹙的眉？又有几人能够敞开心扉，放下执着，为这样一件看似不起眼的小事拼尽全力？

人们大多渴望挑战趟过去可能摔断脖子的河流，有几个人愿意像一朵云闲闲地卧在溪旁，听鸟鸣衔来竹风的清音，看游鱼偷去花枝的倩影？

我知道，我永远捉不来一朵真正的云，但是，有了这样一颗云水禅心，看生活中的一切都有了云的模样。也会在日常里，时时留心，处处留意，捕捉到一朵云的美好。

吃饭时，留三分胃，等云满碗；睡觉时，空一半床，等云盖被；读书时，风翻动一页，云自提笔；写字时，云化作一个个形容词，落笔生花。

走在路上，华枝春满，自会走成一朵云模样；烹一壶茶，天心月圆，自有云气在胸的故人赶来赴约。

我心素已闲，清川澹如此

当我常念起校园里那个白衣胜雪的少女，便知道青春早已是"夜深篱落一灯明"的孤幽清洌，离我渐渐远去。

过往的光阴像一场初雪，纷纷扬扬，美得惊心动魄，却不得不一一落到一幅古画中去，被时光的工画师镶嵌在记忆的东墙之上。岁月的水泽在我的三十岁里面，悄然蓄养了一颗老灵魂。

三十岁，读王维的"我心素已闲，清川澹如此"，有相见恨晚的感觉。

这一句诗，于一颗老灵魂来说，是一望无际的旷野，仿佛是一个人站在瑟瑟风里，任清寂的风灌满素袍，思绪随着耳畔飘扬的长发荡漾，听到自己的回音撞碎半空云霞，轻飘飘地落满地桃夭。而我却依然眉目清澈地看着，清风荡袖，芰荷映水。

这一句诗仿佛就是一座空山，雾气萦绕，松香烹茶。林风摇着山边的经幡猎猎作响，似有唐朝的一首诗快马赶来。清溪潺潺，载着几片落花涓涓远去，落花安然不争，远随流水香。

我随意地坐下来，就坐到溪边一团软绵绵的云里去。恍若一下子跌进一首清幽的旋律中，花影作弦，流水谱曲，看到有小鹿悠闲地从林中走来，时而俯身静听，时而埋头饮水。它的身边，露水悄然地落着，青草寂静地香着。

一颗老灵魂，是门前一个净瓶，是净瓶里随意插着枯枝。是枯枝上等来一场初雪，是一场初雪映红一朵梅花。在这颗老灵魂里面，春风如旧，草木葳蕤，荷香满池塘，心是一炉香。

闭上眼睛，能看到血管里流淌着鲜红的花瓣，香氛萦绕，一股静气在身体里徘徊。此时，我深吸一口气，吸进山川河流，呼一口气，呼出一朵云来。

一颗老灵魂该在深山幽静处结庐，旁有清川澹澹，流水潺潺，清风踏响叶子的足音，虫鸣踩着一首诗的韵脚，你随意一个响指便唤来《诗经》里一声呦呦鹿鸣，你闲散地看一眼便看到白露织锦，松风停云。

有秋风过，像一位迷路的诗人，在林中辗转，一字一句的吟哦，落下的字使森林里五彩斑斓，像一本诗集的扉页。此时你随意地走一步，便会遇见一首诗的模样。

一颗老灵魂是深巷夜更，是月落乌啼，是雨滴石阶到天明。是走在江南温润的烟雨巷，一声声妙远空灵的更声涤荡着喧嚣的尘埃，使整个世界静到一扇木格子窗上。仿佛看到映红窗纸的烛火微微颤动几下便熄了。风声岑寂，街巷里只有起伏的鼾声和偶尔越过一只老猫的身影。

院子里，我坐着一把经年的老藤椅，任静寂的月光洒在身上，而我眯着笑眼随意地翻动着手中的经卷，听到香樟树叶沙沙走笔在忙着写诗，看到"水晶帘动微风起，满架蔷薇一院香"。

此时岁月静好，流水端然，木鱼声起，心底响起朗朗的回音：我心素已闲，清川澹如此。

竹宜著雨松宜雪，花可参禅酒可仙

无意中在网络上看到一句话"二十几岁时，拼命想活得丰富，越丰富越好，三十岁之后才发现，活得简单更难，但也更值得"。

很赞同这个说法，简单是最高级的追求，很难，但值得。就像一幅好的书画作品，几笔素简的线条就能把时光写静了，写到松风停云，人书俱老；几缕瘦笔淡墨就把光阴画旧了，画到疏淡枯寂，自放清风。

也像写文章，一篇精简通透的文章是会呼吸的，是有空间感的，往往无须"副词"做朋友，无须赘述，坦诚直率，一语中的。写之快意江湖，读之酣畅淋漓。

蒋勋先生也曾说过：简单，是美的最基本素质。

想来的确如此，复杂与套路很近，套路与圆滑很近，圆滑与世故很近，世故与"高情商"很近，但它们都离最珍贵的"真诚"、最美的"简单"越来越遥远。而那些看似的追逐，或许正是在迷失。

只有简单的人才能一条路走到黑，在一件事上坚持很久，一颗匠心守一份痴。但是很多忙着追逐面面俱到的人已然把它给忘了。

"霓虹"繁华得刺眼，心便没有宁静的余地，"真实的自己"便在"暗夜"里迷路了。

我们大喊着一定要幸福，可幸福的本质到底是什么呢？我想也是简单。

心若素简，世界便是一副清澈明媚的美好模样。

简单的生活为真正的"生活"，而不只是删繁就简。

比如在春天，计算每种花来报到的日期，数花开。看春风撒欢地奔跑，为花枝鸟鸣送信，一夜间，杜鹃花瓣里啪啦地开满山。紧接着，春雨来了，忙着在一片片花瓣上写信。看花的人拆开一封封春信，顿时心尖儿上春芽爆满，层峦滴翠。

这时，你走在林间，仿佛每一步足音都能踏响春风的韵脚，一声喷嚏就能唤醒春的酣梦，一个响指就有一头头小鹿跃溪奔来。

某一日，我清点自己的行囊，数着数着惊讶地发现，已经简单到一无所有。只留下一个小小的愿，像朵儿花似的，开在我心底最幽深的位置。

这个愿是山中一间茅屋，房间里只放一张床、一张桌子、一把椅子，都要亲手做的，把整个森林里的木香抱回家。桌子上放几本书和一个老村里淘回来的破陶罐，一定要有裂痕的那种，这样春天一来裂缝里会钻出一排排草芽，在我的案上流一条绿溪。冬天就插两枝不朽的莲蓬，让时间无可奈何，把我忘掉。

房间里再没有其他。

清晨我会早早起床，采回草芽上的露水和昨夜新开的野花，再采点鲜嫩肥美的蘑菇和浆果做肉身的食粮。白露烹茶，林雾熏香，熬一碗简单的花瓣浆果粥，肚子里装下春天，我自会双目蓄满水泽，眉住清风，呵气如兰。

夜晚我伏案读书时，有明月敲窗，清风卷帘，我听到窗外花骨朵咯咯地笑出声，我也跟着笑，笑声落在纸上，落成我写给春天的诗行。

躺在床上，似睡未睡，听到夜虫唧唧哼着摇篮曲，月色悄悄来给茅屋盖被。不远处有瀑声轰轰，忙着洗净尘世的喧嚣，溪旁一朵云打着哈欠。世界静下来，我被森林里的诗人写成末尾的句号，一落笔，我安稳地睡下，鼾声如雷。

就这样，光阴慢慢地走，风静静地吹，我用余生所有的热情守着这个小屋，守着内心这一份素简。在我门前，春风落满，花枝抱香，竹宜著雨松宜雪，花可参禅酒可仙。

闲花在笑

一颗松子，是一棵树的吉光片羽，秋风词笔，写满空山的旖旎；一尾银鱼，是一湾湖的梦里笑靥，时光摇楫，跃满玉潭的涟漪；一缕炊烟，是一座村庄的深情走笔，春风送信，寄去人间的欢愉。

而我，是一朵云的仆人，一直被一片闲云看见，替它打理万亩桃夭，掌管诗情画意。

风起云涌，我便千军万马赶去给森林裁衣披纱，赶着给月色织藤引幔，赶着安顿好一本古籍里的书签，赶着为山石溪涧盖被。我奔波的脚步写着世间最美的诗句，眉间是幽谷隐兰径，两袖有依依墟里烟。

春天很忙，我只打个盹儿的工夫听到笑声一片，十万万朵桃花扑满山。它们撒野地笑啊，像一封信前世今生终于寻到约定的地址，像少年遇见白衣胜雪的女子心里窜出一头小鹿，像是风打了一个喷嚏，惊醒熟睡中的花骨朵，噼里啪啦地，一下子全醒了。

我要赶紧派露水前去安抚，在一片片花瓣上落座，摇啊摇，摇啊摇，直到熹光微醺，春光抬头，花浅笑，白露深睡。

夏天呢，我赶紧唤森林准备好一身葱郁，等云来时可以为它量体裁衣。你看这百年的林子，也不失一颗爱美的少女心，将一袭袭云衣脱了换，换了脱，折腾不停。

也好，也好，我便得闲，且看他们忙活着。自请荷香作盏，鸟鸣斟酒，松风把蒲扇轻摇，瀑声轰轰是我醉饮时光的酒话，为了遮掩住俗世的滚滚喧嚣。

秋风起，我要替云去请长空展卷，任它挥毫万里妖娆。我还要加班加点踩着风机，做出大朵大朵的棉花糖，再一路奔忙，兜售甜蜜。

我要替云捕获如水的月色，映照出世人本真的模样，活出一朵云模样，还人生一段婵娟。还要照看好一池碧蓝里的云影，以防世间的风无法无天，抚乱湖弦，淤泥四溅。

要搭好云窝，请篱笆下的花籽一一安眠；要铺好十里流金路，还金黄的银杏叶一片灿烂；要给小溪送信，让落花远随流水香；要告诉草木萝月兼葭姜姜，露重霜浓，等待雪藏。

冬日晴好，我要替云收卷好行囊，它休息，自然让我休假。我可以忙点自己的事。

我会用一整天一整天的时间，等雪落。然后用一整天一整天的时间，披雪而立，看麻雀在白雪地上写诗，看它们雀跃难耐，像在打一份青春的诗稿。

夜晚，我会忙着燃好一捧炉火，为冬梅照亮开花的来路。然后任它馥郁千里，被万物深深宠溺。木窗内，烛光里，我手写一卷尺素，投递到春天的地址，等着华枝春满，盼着天心月圆。

原谅我，像这样做个闲人，就是我最大的梦想。

做个闲人，看桃花笑得乱颤，春风为它疯癫；看闲云踱步，惊起一行白鹭。

做个闲人，指尖流月色作词，溪水涓涓提笔，写一些无关风月的闲字。

无法形容写文字时内心的欢愉和满足，仿佛此时的我就是全世界最富有的人。

甘愿虚度光阴，全用来读书写字，在文字的世界里，让我自笑春风颠，起舞春风前，让我如花在野，一日一安。

此生只愿一屋一案一卷书，溪画眉，云作裙，炊烟写尺素，花影照东篱。哪怕洁癖的思想常饱孤独，哪怕幽谷隐兰无人欣赏，也愿意十年饮冰，不凉热血，也愿意常含热泪，深情以往。

只因我深深懂得，世间的风景看不完，爱也爱不完，钱也挣不完。时光不语，一切都有最好的安排。这世间最富有的人从不是拥有亭台楼阁，腰缠万贯的那些人。而是可以被一片闲云看见的人，可以看见闲花在笑，闲云在度的人；是那些愿意虚掷光阴给一草一木，给"生活"的人。

带雨有时种竹，关门无事锄花

读陶渊明一句："富贵非吾愿，帝乡不可期。怀良辰以孤往，或植杖而耘耔。登东皋以舒啸，临清流而赋诗……"何其通透何其洒脱！人生如此复何求？仅此一句，道尽我毕生所愿。

坐拥三亩良田，便自觉富可敌国。

一亩种菜，两亩种花，依山植竹，傍水养鸭。田边种银杏，叶落围篱。木门常锁，不理魏晋。

任窗前的蔷薇爬满墙，开到无法无天。取满砚花香研成墨，泼墨成画。扯三尺月光，种出一树海棠。四月海棠花开时，取蕊作弦，风来琴响，落满院月亮。

种一树桃花酿酒，挂在老树枝上。酒壶上贴好：请酒莫摘花。如此，若是偷花贼来，必定不忍下手，任他提酒潜逃，留下满树桃夭。

夏夜的菜园里，偶有偷瓜贼，也无妨。我在每个瓜上写好字条：捉蝉来换。一只蝉换一个瓜，蝉鸣瓜甜，妙趣横生。

日常无有旁客叨扰，只有远山淡烟，瀑声轰轰，修竹吹箫，杂花说笑。

清晨的小院常被浓雾包围，院中鸟飞雀鸣，鸡鸭争宠。我怀抱一篮谷粒，一挥手，鸡鸭起舞。

门前杨柳依依，风牵着云散步其间。晨光熹微，牵牛花打着哈欠醒来。院子里酣睡的草木起床了。炉火初熏，炊烟袅袅，新熬的清粥冒着热气，家雀早已站成排，只等着我一不留神，打劫走一锅香。

一碗清粥，素菜几盘，家人常乐，温饱知足。

接一碗花露置于案头，昨夜睡在白瓷碗里的月光尚未苏醒，随露水一起被我端进了屋。一碗清水冷然的时光，映出我脱尘拔俗的世外模样。

白日里闲来无事，锄地种花。种了桃花种杏花，种完荷花种梅花，香做流水客，便不怕时光仓皇。

摘花瓣缝衣做被，穿一身香气，俗世俗欲近不了身。烹花煮茶，把灵魂喂得饱饱的。

若赶上微雨时节，竹杖芒鞋行至林间，听竹叶沙沙，弹一曲《高山流水》，看溪涧涓涓，写行书为诗人作序。

小鹿拾去我留恋的脚印谱成花间曲，山风携走我痴望的目光填作云水词，我的心跳被诗人写成最美的字，一眨眼，雨落满地诗句。

若是下雪，我便在花园里燃起巨大的火炉，为花取暖。任雪落啊落，落成一本诗册，落成青春里的白衣少年，落成一匹驮来春天的白马，落成谱写回忆的月光。我会用最动听的歌喉为花唱歌，让它们别怕。每一粒雪都是花的魂魄啊。

年年清风至，岁岁花相伴，日子安稳，流水端然。

我怎会舍得时光去追逐富贵荣华？幸福无须分文买，清晨的阳光自会准时送达，我的目光始终痴痴地停留在草木间。轻云蔽日，流风回雪，大自然写下的每一笔都有着岁月娟然的美好。

人生若两亩花园，自性纯美。我自当抛却名利三千，怀良辰以孤往，做好生命的园丁，做个生活中的闲人，带雨有时种竹，关门无事锄花。

茅斋独坐茶频煮，肯教眼底逐风尘

　　行走于碌碌红尘，常被兵荒马乱的喧嚣叨扰，难得几分安闲，总觉得应该为自己留一扇门，一扇通往内在世界的门。

　　比如看一本书，这一本书便是一扇门。午后阳光安暖，坐在竹椅子上把书页翻开，关上阻隔风尘的门。书页里夹着自己的大世界，我不出去，旁人进不来。

　　此时，我的眼神是走在通幽小径上的脚步，时有鸟鸣衔去我颊上的泪珠，将阳光一寸寸洒满心房。偶然看到哪一个明媚的词语，忽地行至明亮处，心下欢喜。

　　手指不自觉地在扶手上敲出一段小曲儿，竹椅子发出吱呀吱呀的声响应和着，那声响似从书里走出来，是某一位古人的脚步声，把时光都走慢了。

　　日出之前，铺上一张垫子瑜伽，或盘坐于旧蒲团上冥想。此时，一张垫子，一个蒲团就是一扇门，门外惹尘埃，门内莲花开。

　　一首古琴清音，是为灵魂摆渡的花籽。闭上眼睛，思绪随着淙淙流淌的音符远行，一路有花香。身体在垫子上渐次舒展，蜷缩已久的灵魂像一朵饱饮雨露的睡莲，正悠然绽放。

点燃一炷熏香，燃烧掉欲望的蛛网，只留满室满心的香。

赶在雨天，我会提壶至一草庐，接一碗檐下雨煮水烹茶。这一壶茶便是一扇门，茶里自有乾坤。炉火起，茶水沸，蒲扇轻轻地摇。唤来十里清风，吹散内心的积郁，摇来早春的花香，入室入杯入心。

听小雨落茅檐，窸窸窣窣的慢。顷刻间再一抬眼，漫山的雾抱来一个崭新的世界，远山不见踪影，在我与俗世间筑起厚厚的墙。我看不出去，烟火浮华也吹不进来。

梯田被灌满雨水，禾苗欣欣然地绿着，田边闲云几朵，或沐浴或聊天，一不留神闹成一团，又忽地攒眉而去。赶雨扶苗的农夫走在一串音符上，脚印在水里打转，水痕又很快聚合，仿佛从未有人走过，雨水安然。农夫硕大的草帽忽上忽下地向前移动，似一双大手拨弄着田上时光的弦。

我手中烹茶的蒲扇依然摇着，一摇一摆间，摇出一个清阔豁朗的世界。茶烟袅袅，涤净尘劳。恍若手中摇的是一叶小舟，载着我的灵魂悠游万里，行至一开阔处，碧波荡漾，山光旖旎。回首向来萧瑟处，也无风雨也无晴。手中摇的哪里是蒲扇，分明是一扇门啊。炉火上又哪里是在煮茶呀，煮的是烟火岁月，品的是自在人生。

人的一生，常有狼烟四起的慌乱，也常有俗世三千的悲欢。若肯为自己留一扇门，便会峰回路转，便有柳暗花明。独自看一本书，与古人把酒言欢；独自听一场雨，与露珠打坐修禅；独自品一杯茶，让氤氲的茶烟洗净一双浊目。

这一扇门，是眉目花开，清风徐来；是呼吸若云，身得自在。

滔滔浮世，为自己留一扇走回内心世界的门，便是细品老酒余味回甘，是茅斋独坐茶频煮，肯教眼底逐风尘。

山风

　　常喜欢到山里走走，凉风引路，薄雾牵手。偶尔会被一团云跟踪，我便急着藏到老树身后，趁它不注意，一挥手，如蝶在野，白云满袖。再抬头，烟云与尘土早已被远远地甩到身后。

　　若在晚冬时节，一场大雪，深山小路，踏雪无痕，山中静得迷人，走在其中，醉了又醉。

　　小村里的山延绵无绝期，是走不完的。我最喜欢走到村子对面的那座南山坡。

　　一路上，喜欢微闭着眼睛，不闻不见，只是专注地走路。让心宁静地倾听脚步落雪。那咯吱咯吱的声响，是我与大地深情地对话。

　　山脚下有一小屋，早已无人居住，屋旁围着几棵烟灰的老杨树，寒冬里岿然不动，似乎在守护着什么。人从树下过，几只寒鸦腾地飞起，蓦地一惊，好像掳走了谁的记忆。

　　山坡上，杂树遍野，枯枝横斜。一簇簇山海棠的果红艳艳地衬在白雪里，是大山的魂魄。采上一把，盛在案前的白碗里，作最妥帖的清供。读书倦时，抬眼望望它们，心里会欣欣然地长出春天。

偶尔听到枯草哗啦啦响动，屏住呼吸追上去，会能看到白兔偷雪的身影。

随意行走山中，有聪明的草籽勾住衣服，撒娇似的缠人，执意跟我走。我刚一抬脚，热闹的鸟鸣落下来将我包围。

这一幕似乎被树上那几只鸟看到，它们叽叽喳喳商量起来，好像在讨论着，是什么物种把它们最爱的草籽偷走。看着它们一副着急的模样，我不禁笑出来，像一只小鸟那样。

于草籽而言，我和常经过它们的山羊没有分别，于小鸟而言，我和携走草籽的一缕清风也无有分别。

冬天的山，真是静，尤其是雪后，山里越发静。

这种静，是一种公平的颜色。

春天再鲜妍的花，秋天再诱人的果，在这个季节里都变成一个颜色，像风走一笔老墨，疏淡枯寂。

而我喜欢这种颜色，是情深无须刻意渲染的沉默，是动人无须勾勒的大美无言。

这种颜色，是一颗安静的灵魂。感官不再向外攀缘，只一颗稳稳跃动的心，听得懂大自然弹奏的所有深情。

这种时候最适合闭上眼睛去听。

听风。

轻雪在干树叶上沙沙走笔，是风在描绘冬的轮廓。风停松上，松针窸窣，像一朵云挂在树枝上在轻柔地撕扯。风吹落身旁的花籽，吹进心里，春天一到，心底会开出花来。

穿过森林，走笔松间的风早已不是尘世里普普通通的风。这样的风，能吹散愁云万朵，能收摄白雪魂魄，能翻开三千年前采诗官的诗簿，能抚慰激流勇进的雄浑山河。

"风鸣娲皇五十弦，洗耳不须菩萨泉。"

没错的。这样的风，能涤净听闻俗欲的双耳，能洗净攀缘浮华的浊目，能吹来满山的花籽在眉目间落座，能抚响一挂野瀑的弦，奏起深山古寺里空灵的禅音。

也能将听风的我吹成一段小村的旋律，心心念念，在一草一木间萦绕不去。

忽地看见山坡对面的小村里，炊烟四起。头羊摇响颈上的铃铛，一群山羊呼啦啦跑回羊圈，那铃声清寂，空远，在村子上空，在我心中，久久回荡……

闲在一团雾里，不问西东

"愿一生做个闲人，以笔端修篱种菊，以书香俗世围屏。"这是我曾写给自己的，一种对生活的追求。

"闲"，心门中植草木，便得余闲。

做个闲人好，做些闲事。世人忙着争名夺利，奔忙不歇，把"闲"都留给我。

闲着也是闲着，去提水浇花。田野里，山坡上，杂花丛生，我追踪它们的脚印，便能追到春天。

因为闲，内心有空隙，行住坐卧舒缓不急。走路跟着云的节奏，风来，我走，云停，我等。等着，看着……云是风的衣裳，被风一件件穿起，又像风寄出的信，飞鸟忙着去送。

或者就坐一棵老树下，静静地看，看风执叶影写满地天书，看蚂蚁追着燕子的身影铆足劲地奔跑，看树叶将月光织成披风，看老树收集一笼笑声挂满枝。

闲在一页书里,听书外的时间嘀嗒嘀嗒奔逃,我不必慌张。我是被时间遗忘的人。我于一页书里出发,陶潜的桃花源,杜甫的浣花溪,纳兰公子的雅集,便可任意抵达。

闲坐湖心亭,听雨打荷叶。嘀嗒嘀嗒,一声两声,变成细密的针脚,在我与俗世间织起一道雨帘。湖面泛出一圈圈涟漪,在我额前晕开,戏水的鱼儿游到我心里来。

闲来盼雪。下雪天我最忙,为什么呢?我有两亩花园,我要采雪作花魂。这样,春天一到,花才会开。

身旁的人都忙,忙着刷新闻,忙着一天看一本书升职加薪,忙着荣华富贵拼命往前跑。

而我自知,我的故乡在古代,我要逆风而行,慢慢往回走,走回"从前慢"。

从前,我曾坐在一团雾里,从日出到日暮,那是在云南的元阳,一个海拔两千米的小村里。

村子常年被雾包围,尘世的喧嚣皆被一团团浓雾拒之门外,再豪华的车子进到这个小村也只能以龟速前行,像一场电影被按了放慢键。时而还要停下来,给路边吃草闲逛的水牛和牵着水牛的老阿婆让步。老阿婆的竹篓和草帽,粗糙的双手和皱纹像一种符号,无视时间和速度的符号。

这里的人看上去都很闲,湿寒的冬天,常见妇女们各自拎一个火炉坐在家门前,手上绣着孩子们的衣物。孩子们围着火炉打闹,火炉上烤着豆腐,还有孩子们溪水般的笑声。他们仿佛活在古代。

到这里小住的我自然也慢下来。走在街上,如临仙境,脚步轻飘飘的,恍若是雾抬着我走。

我会坐在梯田边,一坐就是一天。看云在刚刚蓄好水的稻田里翻找

194

诗句，看风调戏初开的樱花羞红脸颊，听远山的溪水流成云水谣，任露水搜身，我甘心将俗欲全部上缴。

　　或是铺张垫子，瑜伽，冥想。让身体像一片樱花，随风轻舞；像一声鸟鸣，自在于山谷；像铺满山间的雾，肆意舒展。或者只是坐着，坐在一团雾里，坐成一株青青的秧苗，拥抱大地，沐风醉雨；坐成一朵云，不问西东，任风旖旎。

　　如此忘却时间，做些闲事，自得闲情闲趣。整个人会闲成一棵会开花的树，闲成风雨。或者只是闲坐在一团雾里，化作清晨的露滴。

冷

喜欢"冷"这个字，是一窗寒冰开花，是一片孤美月色，是清水样的时光，有一种无言之美。冷也是一个人内在的精神气质。

喜欢开在寒冬里的窗花。

北方有院，寒舍有窗，每至大雪纷飞时节，清晨总会看见满满的一窗花孤绝地绽放开来，恍若是牧羊人的笛声衔来雪的魂魄，落在窗上，那么清寂，那么空远。第一缕阳光洒下来的时候，那片片窗花忽闪起长长的睫毛，欲语还休，静默着，绽放到极致。

这时的一扇窗，似一个无言的梦境，无须言语，自有一种不真实的美。

喜欢静静地看着窗花，甚至忍不住轻轻触摸，不说话。

总觉得窗花是不施粉黛，冰清玉洁的女子。所以才会在最冷的季节里最深的深夜里，悄然绽放。她无须他人欣赏，无须与玫瑰、牡丹争宠，甚至也无须被任何人看见。一夜的冷，便是一生的绽放。当人们在清晨苏醒，阳光照在窗上，她便悄悄离场。

若说起她的个性，骨子里该是冷的。是清逸绝尘的孤冷。是无关俗世的清冷。

百花的香，于她来说是俗气的，她不屑拥有一丁点儿味道。她无须拼尽全力释放迷人的香气，迎来倾慕的目光。她的绽放，只是一次生命的完成，与他人无关。她的绽放，只为自己。

她是寂静的，又好像在内心里压制着热烈的情感，在黑夜里最冷的那一刻，比她还要冷上几分的夜里，她便歇斯底里不留余地，完完全全地绽放。

这样的冷是一种内在的精神气质。

也着迷清秋的月色。

喜欢在清秋的夜晚坐在院子里，听蛐蛐喊出月亮，落在我的身上。看着露水爬上篱笆，被牵牛花抱满怀，嘴角溢出的笑，绊倒在篱笆上。

这时的月光会笑出声，一改它清冷的模样。月的笑声落成我浅浅的脚印，步月之美，散发着清芬的香。

秋月是莲的蕊，是荷塘里长大的莲子，是莲子擎起一朵云，有着出尘拔俗的模样。

这样的月光会泛出清凉凉的涟漪，我坐在夜下，被清冷的月光谱成一首曲子。

喜欢山间的流水，是流淌的词牌名，有着清水泠然的模样。

所以常喜欢到山里走走，有清晨的薄雾牵着我的手。

偶尔会被一团云跟踪，我便快跑两步藏到老树身后，等它不注意，挥手一个踉跄，捉它个措手不及。

再舀满琴山溪，谱一曲云水谣，请草芽上的露水唱给花骨朵听。

也会用来研墨，一朵云，一溪水，鸟雀来研，清风提笔。提笔是瀑响前川，时光疏淡枯寂，落笔是银河九天，眉目自在清喜。

一溪水，可使云化万物，草木葳蕤，百花开。而它美好却不自知。

水的属性，该是冷而泠泠然的。

清水泠然，是不急不躁，用轻快的韵脚踏响世间的清音；是以柔纳静，笑对云卷云舒的从容；是上善若水，看尘世纷纷攘攘，我自潺潺淙淙的不争。

清水泠然，是盛满月光的白瓷碗，无须多言，自放春风。

时光住处，我的眼里终于长出翅膀，飞到那清清又泠泠然的地方，那里的冷，是无视雕梁画栋，不理烟火浮华，是一窗，一月，一碗山溪，便可以画出人生的长卷，便可以谱出生命的清音，便可以行住坐卧尽是潇洒从容模样。

愿为一株草，温柔度余生

年少时，盼望着长成一棵大树，耸入云天的大树。如果可以，最好长成一片森林，葱郁葳蕤，层峦滴翠。盼望着，等惊蛰一到，青春率领千军万马赶来，枝叶迅疾摩拳擦掌，沙沙，沙沙，鱼虫鸟兽俱静，只听到瀑响十里，落霞轰鸣，黄昏如一场惊梦，梦里是踏遍千山万水的豪情。

惊蛰未到，烟尘浩荡的世事却如惊雷声声滚来，倔强的青春怎肯躲闪？一夜狂风怒号，暴雨如注，昂首的大树，折枝断叶，像鸣响苍穹的雄鹰被折断翅膀，一声划破天际的哀嚎之后，方才惊觉，坚硬的躯干是它颠沛流离的身世，莫如身旁柔软的小草，在第一缕熹光中悠悠起身，安然如昨。

宇宙苍茫，人生狂浪，如今我只想做一粒小小的草籽，风做我的翅膀，悬崖峭壁，山谷石滩，只要有一寸泥土，我便可以落户安家。

然后尽管安静地成长，长成最温柔的模样。

我会等一滴露水在我身上发芽，看月亮悄悄偷走它；我会等一声鸟

鸣，唤醒河岸的蒹葭，松软的泥土作温床，陪我慢慢长大；我会等第一缕清风，在我门前开成花，此后的每一缕是它与故人相认，结成花杖篱笆；我还会等一场杏花雨叫醒我酣睡的梦，芳香是我的小名，花瓣裁我的衣裳，雨来花落，做我最美的嫁妆。

等熹光织好屋檐，流云爬上藤蔓，等雨水涨满池塘，淤泥开出莲花，我便会悄悄地长大。长成《诗经》里的荇菜，等君子清澹的眉眼流之、采之、芼之；长成茅屋上的烟囱，等农家的碗筷响起，我蜿蜒出第一缕炊烟；长成你门前的一汪水泽，将风吹来的花影一一打劫，等你第一声鼾起，让它们化作一缕呼吸潜入你的梦乡。

我会不动声色地长大，我依然只是一株小草，一株有梦想的小草。我心心念念采诗官将我采走，夹在《郑风·子衿》的那一页，青青子衿，悠悠我心，等捧卷于怀的你将我记起，等你一个眼神将我抚成书签，若为君见，又怎怕永远停留在三千年前。

我会在山谷里寂静地成长。纵然身旁的小路上，依然有行人仓皇惊魂的脚步，常有俗欲流成奔腾的大河，我全都置若罔闻。我只听得深山古刹里的钟声，敲开信仰的大门，幽远空灵，声声慢。

我看见钟声唤来一场初雪，落呀落，直到湮没尘世所有的喧嚣。有僧人月下叩门，吱呀一声响，那一袭僧衣化作千万朵梅花，开在雪地里，凝着魂，吐着香。

我闻香而醉，彻夜酣眠。朦胧中，听闻晨风在山间拨响琴弦，我睁开睡眼。看见松子在老树上唱歌，露水在林中浇花，我身体里结着草籽，忽有一朵莲花在我眉间盛开。

第六辑　寂照

萤火虫遗失的翅膀

自幼生长在乡村，长大后四处悠游漂泊，像小村寄出的一封信，在苍茫的人海里兜兜转转。那小村像一枚深深刻下的邮戳，无论我走到哪，它紧紧地印在心上。

对于小村，我总是额外贪婪，霸道地喜欢着村子里的一切。

"清夜无尘，月色如银"，这是大宋的景儿，也是儿时小村的夜。

池塘边蛙声四起，是夜赶来的脚步声。它揣着一兜墨，泗染到天际。随手画上满天星，是静夜里闺蜜的叙事，聊啊聊，无休止。我仰望着，试图听得一点秘密，一汪水泽落满双眼，心下欢喜。

眼见着月亮从眼睛里升起。

月光先是落在池塘里，给睡莲一朵一朵盖好被子，给蛙鸣谱上一首乐曲，又悄悄攀上老树，把树整个包围。霎时，老树像被天空提起的大灯笼，笼着村人发着光的梦境。偏有风不知好歹地过，撞洒满地碎玉。

窗檐下手编的风铃跟着响起，千纸鹤抖动着翅膀欲飞向天宇。

蝉鸣一声，院子里的桂花落一朵，我坐在树下，闭上眼睛，摇落的花香似要将我抬走。

嘘……无须言语，任它去。再美的话语也力不从心。任自己静在夜色里，静在花香里，静在炊烟铺展的宣纸里，灵魂生出翅膀，我笑出声来。

其实我在等。

等农户的窗子里，灯光渐次熄灭；等村口守望的老狗发出安睡的号令；等农人们鼾声四起，在窗纸上呵出时光游走的印记。

萤火虫便会提灯赶来。它是夜的守护神，是神最明亮的眼睛。

你听啊，第一颗露水爬上花梗的时候，萤火虫便赶来了。远山被萤虫提灯照亮。树上，草上，花朵上，你看都被萤火虫的灯笼照亮了。像一场虚幻的电影，夜的黑是主角，萤虫忙碌地搬走面具。

洁癖的它们在黑夜里快乐地巡视着。想必静坐在黑里的我，在它们眼里如一棵树、一滴露、一声花的喷嚏。人间风物，无有分别。

它们不喜欢天明，它们太了解，人们的欲望会随着日出苏醒。

当一声鸡鸣将贪婪的清晨唤醒，当阳光载满俗欲普照大地，当城市里的大烟囱冒出滚滚浓烟，当车水马龙的喧嚣张牙舞爪地扑向天空，萤火虫甘愿死去。

它们是最纯洁的生灵，是乡村里最后的守望者。它们只喜欢葱茏的树木和清新的空气，它们只钟爱初生的露水和飘香的桂子。

当它们巡视河流的脚步，再也探寻不到一点清澈的踪迹；当它们仰望苍穹的眼睛，再也看不到会说话的星子；当它们手中的灯笼，再怎么努力也无法照亮被雾霾包裹的大地，它们不再留恋，集体为一粒纯净的空气斗争到底，甚至用自己弱小的身躯撞响尘世的警钟，哪怕死去，在所不惜。

多年后，当我再次坐在小村的院落里，看着黑夜一直睁着眼睛，远山尽处灯火通明。心像萤火虫遗失的翅膀，沉下去，沉下去……

怎敢忘记，那些萤火虫还在的日子，村子里的笑声一直萦绕不去。当楼房铺天盖地地建起，车子不分日夜地奔驰，人们的欲望是萤火虫不能承受之重，它们的翅膀坠落，那是人们遗失的笑声。

古琴湖上音

昨晚听天气预报说夜里有大雪，内心怦怦然，雀跃着像个孩子。盼望着一场大雪，可以提上小火炉，提上一壶老酒，独自一人去古琴湖畔听雪。

古琴湖，是溶洞的地下暗河流淌出来，汇聚而成。湖水冬暖夏凉，无论气温多么低，古琴湖从不冻结。总是一副活泼生动、灵气满身的样子。

古琴湖四季都是美的，或草色新染，风行水上，写满一湖漂亮的字；或层峦滴翠，绿野浮萍，鱼衔花影归去来；或枯枝横斜，探着水中的云影，落叶飘飘荡荡，讲一夜又一夜的故事……都是世间最迷人的景色。

但我唯独喜欢大雪下到天下一白的时候，孤身前往，去听它。

追寻，本身就很美。

沿路的老松上，堆积着厚厚的白雪，层层叠叠，像天空烹饪的蛋糕，甜腻得迷人。走在雪里，深一脚浅一脚，咯吱作响，唱歌儿似的，和着节拍。又像用双脚写着一封长长的信，写着冬天里的故事，寄到春天去。

湖畔有石，铺上厚厚的垫子，点燃一捧炉火，就可以把整个冬天的美，在这里都赏尽了。

岸边的枯枝古树上，堆叠着厚雪，树影在水里摇摇晃晃，装着李白的魂儿一般，酒至微醺，吟诗作赋。诗里的字又化作雪，稀稀疏疏地落下来，在碧波上勾勒出诗人的模样，一圈圈涟漪化作诗人的神笔，风来，笔落，古琴湖上封存了诗人痴绝的老墨。

湖面雾锁烟岚，仙气一缕缕奔流在白雪里，牵着松风，牵着游鱼，牵着我惊艳的眼神，那么洒然地在湖上流淌。不惹风尘似的奔流着，绝无一点停下来的意思。

是一袭少年的白衣？是驮来二十四桥明月的白马？是仙女窗前的薄纱遗落人间？那么脱尘拔俗，那么孤寂清绝！

忽地，有声音在我耳畔响起，这一缕缕缭绕的烟岚是古琴湖的弦啊！

古琴湖，将它千百年的肺腑动荡全部倾注在这一弦一柱上，而我是它等来的知心人。

谁在拨弄着琴弦呢？

是雪花啊！这个沉默的琴师，在天空、树上、湖上、雾上尽情地弹着，扯一缕风抚作曲子的高潮，捕一双影子倾听久远的故事，而我只是千千万万中的一个，是曲子里一个停顿的音符，站着、看着，说不出话来。

转过神时，雪落眉上，流成泪水。

我坐下来，旁若无人似的，温一壶暖酒，听雪，听琴音，听湖上的涟漪在我的心里写出一本诗集，听到春天赶来的脚步在老树上开出花香。

我莞尔一笑，将一枚雪花捧在手心里，看着它们融化。融化成一个个跳跃的音符，在古琴湖上悠悠响起，那声音空灵，寂灭，像一场幻觉。幽蓝色的声音，将我的灵魂撑满。

不知何时，映在水里的影子已被鱼儿衔走……

宏村：你是江南远嫁的女儿

走进宏村，方知人间的厚重，是一本泛黄的历史。它绝不是一个不谙世事的少年，没有清澈的眉眼，没有一袭不染的白衣，甚至也没有一个灿烂的微笑。好像他从未年轻过，便已老去。

是的，它更像一个饱经沧桑的老者，安静的老者，默默无闻的老者。在世界上最寂静的角落里，独自一人数着手中包了浆的念珠，一遍又一遍，一年复一年。口中的经文在老墙上风干，额头上的空白被岁月的掌纹填满。

而他，依然静在那里，一动不动。面容中，尽是安定，从容。任来自世界各处嘈杂的脚步在它身旁走过，任孩童追逐的笑声落在它的怀里泛起涟漪，任一场寒霜将它栽种的荷冻结成不朽的雕像，它都无动于衷。

老墙上洇染出的痕迹，是他慈爱的笑脸，好像在说：没关系的，让来的来，去的去，不必追逐，也不必寻找。

宏村，是历史遗落在此的老信封，每一个脚印都能抖落出老故事。

村口的一座拱桥，是村子背负着岁月的重量，驼了背，弯了腰。清晨的熹光从村旁的小山穿过来，斜斜地漫步在河面上的薄雾之间，远远望去，这座老桥像是村子的鼾声，那么安然地守护着一个梦。

来古村，要在清晨雾还未散去之前。这时候，整个村子像一个故事陈列在时光的书架之上，安静地等待着你将它翻起。

薄雾一缕缕地萦绕着，与老屋上岁月的斑驳缠绵着，又好似一个故人，为老村子打理着蓬乱的发，梳理着长长的睫毛。我仿佛看见了，老村落用几百年的时光与晨雾上演着这个世间最温情的暧昧，而我只是看着，已经感动到想要流泪。是的，是感动。

几百年的相依相伴，不离不弃，这一缕缕山间赶来的晨雾早已是村子的衣，是它的呼吸，是它无法割舍的前世今生。

看见老村在蒙眬中慢慢醒来，雾放心地渐渐散去，麻雀悠地从拱桥上飞起，新的一天在几声鸟啼间苏醒。

我长久地伫立在村口，看着连绵的远山将村落拥在怀里，清泠的湖水将村子画进画里，一切都那么静，像在看一场哑剧，十分迷人。

去过不少的古老村落，但宏村无疑是特别的一个。

它是那么静。光线，林风，村子里来往的行人都像饱含禅机的一幅图画，他们走在画里，时光也静在画里一般。

宏村，该是一枝披上寒霜的枯荷。再冷的历史也不再畏惧，它已经笃定地将自己交付给时光，余下的日子，只是不起波澜地用每一分钟修行。

宏村，是落叶抒写的秋天，只能是秋天。春的鲜妍，夏的热闹，冬的素白，都不是它。只能是秋天，一场霜降之后的秋天，一屋一瓦，一草一木都长出不朽的胡须，一根根胡须里是幽远而静定的禅意。

宏村，是江南远嫁的女儿，她用几百年的盼望，抒写自己的历史，却不知不觉在一笔一画、一朝一暮的抒写中，容颜老去。梦中的故乡，梦中的江南，再也回不去。

所以，她便穷尽一生，让自己变成后来人、一代又一代没有籍贯的故乡。

沙溪古镇

我曾走进过一副春联里。在沙溪古镇。

喜欢古老的东西，去过很多古镇，总想在一条古时的巷弄里，拾起自己某一世遗落在此的时光。

沙溪古镇，是遗世独立般的存在，其他古镇确不能与之比较。

从诺邓古村去往沙溪古镇，车子需要翻过十几座高山，沿着盘山路行驶在云里。远山连绵，云在其中浩浩荡荡地翻滚，太阳隐匿在其中，忽隐忽现。光线的变幻之迅仿佛在忙着表演，车子溅起的沙粒敲在车窗上，是演员们准备着道具。

沙溪古镇是被尘世遗忘的角落，或是几千年前被武陵渔人藏起的桃花源。难以想象旧时人们是在怎样的意念之下，徒步翻过如此高的大山，寻到这样一个平坦的地方，一个隐匿在世外的地方，一砖一瓦地建起一个小镇。

初入小镇，便被一种神秘的宁静所包围，空气里恍若有游走的灵魂轻声呼吸。时光在这里像被放进冰箱里的模具，恍若有着固定的形状，一动不动，静得不像话。只有几只偶尔从树梢穿过的麻雀，欢喜地叫着，像被采诗官落下的几个标点符号。

镇上的门市大多紧锁着，少有几家开着的店铺，店主也是一副不慌不忙，买卖随缘的姿态。这种慢下来的镜头，让我有种穿越回古代的错觉。

古镇里，铺陈着一排排百年的木楼，大多很破旧，近乎摇摇欲坠。有楼的地方就有青石板路，一块块烟灰色的石头，被历史的河流，被几代人的脚步摩挲出温润而饱满的光泽，像一位老者额头上的皱纹。

石板路有多长，清澈的山溪便有多长，哪里有路，哪里就有溪流。溪响青石，潺潺淙淙，我们脚下的每一步都像音符，跃动在山溪弹奏的琴弦上。

秋风料峭，道路两旁的柳枝却依然妖娆，嫩绿的枝条不安分地摇曳着，不合时宜的青翠欲滴，仿佛忘记自己是生长在古老的时光里。

小镇中心，是一个老戏台。在黄昏里，讲着故事。两旁长长的店铺紧紧地锁着，但是锁不住老戏台过去的辉煌。晚霞还是一匹一匹地，将它们牵扯出来。

我久久地站在老戏台的面前，驻足凝望，似乎听到有咿咿呀呀的曲子从一片片青瓦中溢出来，似乎可以看到久远之前爱着戏曲的演员已化作翩翩白蝶，舞动在老戏台的周围。

晚风将戏台旁的柳枝拂动，翻着一本老册子似的，属于老戏台的历史故事，只能由一缕风、一朵云、一片霞——解读。

以戏台为中心，四周围绕着一排排白族古民居，让我移不动步的不是老墙黛瓦，不是门前寂寞的花树，而是木门上的春联。

乍一看，恍然觉得是新年前不久，曾经住在这老院子里的人，从古

215

时赶来，带来古时的春联贴在舍不得遗忘的老门上。院子里已经没有人住，但门上的春联却是新贴不久的。

那春联很是特别。

两扇门上，各贴着一幅长方形的画作，几点淡墨画出几根苍劲的枯枝，枯枝上几朵鲜艳艳的梅花像春天提早赶来，噼里啪啦地在院子安家了。

图画两侧各贴三条春联，都说着不同的吉利话。好像主人刚写完一对，贴上，又想起两句，复给加上。之后又贪婪地想起两句更好的，索性任着性子全贴在门上。

铺天盖地的福气贴在老木门上，有着华枝春满的喜庆。让人看了，不禁心头一乐……不知是哪个老顽童这样任性。

看得痴了，便恍然走进一副春联里，化作了春联里某个字，被贴在春天，无关历史。

夜色暗下来，零星的几个游人散去。这座城，似乎想要永恒。

在年轻的人们都离开了这个偏僻小镇的时候，泛着光的石板路守在这里，一条条通过古镇的山溪守在这里，一片片承载着几百年光阴的屋瓦守候在这里。还有黄昏里被晚霞包浆的土墙，一直守在这里。像曾经生活在这里的人民精神的图腾，有着不生不灭的凛冽。

我只是看着，看夜色将古镇一寸寸淹没，看到有一种类似信仰的东西在心中升腾起来。

心灵的皈依之处：千年古村诺邓

在推开车门，诺邓古村出现在眼前的时候，多年不曾有过的感觉奔来。

像年少时遗落在此的一份诗稿，被我再度翻看，顿时心中奔出一头小鹿；像晚秋的清晨，推开窗，劈面迎来一场初雪，顷刻间天下一白；像青春时代被暗恋的男孩突然拽住衣角问一句："我可以和你谈恋爱吗？"心底惊起两行白鹭；像我白衣蹁跹的衣角羽化成千万只的蝶，身后的脚步化作千万朵花开。

无法形容，不能形容！

我定是某一世生活在这里啊，否则怎会在今生，与之初见便如此的亲切，如此的爱！内心的怦然要从眼眶汹涌而出，肺腑间的动荡像山尖上奔流而下的山溪，热烈，沸腾，却有着化骨绵掌的温暖。

沿着千年前的老石板路上山，红土地把山溪漂染成红色，像一条血脉流淌在山脚下，将村子护在怀里。雨后的石板路上泛着金属质地的光泽，更让眼前的一切显得不真实，仿佛是不小心惊起的一场旧梦，或是梦中翻开的一本古籍，仿佛我沿着脚下的路可以走回千年前的大唐去。

路旁的墙壁，用滚圆的石块沾着泥土堆砌而成，难以想象曾经生活在这里的人们是怎样将一块块大石头运到山上来？几百年的风霜雪雨，老墙已是破壁残垣，却岿然不倒。

它们披着碎裂的屋瓦，却像从月光中走来，那样澄澈不染，那么云淡风轻，那么安宁祥和。

墙头上，荒草里，突兀地长着一排排仙人掌，长的壮的竟有成年人那么高。它们的根在石缝里扭曲地延展，它们的头却高傲地向天空的方向扬起，在不起眼的地方，安安静静地开着一朵朵紫色的小花。像曾经生活在这里的人们，他们的一颗颗不愿离开这片热土的灵魂在花苞里安了家。

我相信这些仙人掌也是有灵魂的，不然怎么偏偏长到墙上去？它们长成了老墙的骨骼，当狂风暴雨袭来时，它们甘愿用自己的身躯支撑起老墙几百年的时光！它们和老墙站在一起，自有一种孤绝凛然的大美。

我不禁将手指一遍遍贴近斑驳的墙壁，内心温润而饱满起来，好像听到一段段老故事沿着我的指尖，窸窸窣窣地攀缘而上。

恍然间，身旁走过一位上了年纪的白族阿婆，老人身上特有的味道让我想起小时候秋天的晾晒场里稻谷粒上阳光的味道，那样令人心安。

我是如此迷恋这里的老味道。好像之前的我一直飘浮在云里，而现在，双脚踏实地走在大地上，那种心安让我想流泪。

推开一扇老木门，跨过高高的门槛，藤编的灯罩笼起一方幽静的慢时光。三面木楼，围着狭窄的院心，院子分两层，中间有石阶相连。院心狭小到只够清风流云落座，容不下一点俗世的喧嚣。

站在院心，仰望天井上方的天空，柔和的光柱垂下来，照在院子里一层层的苔藓上，苍绿如玉，一寸一寸，温润着这里的岁月。

　　木楼上挂着一串串松塔，仿佛是昨夜，空山松子落，从天井而来，恰巧挂在了窗檐上。松风摇着，慢慢地摇着，满院子的松香，涟漪般荡漾开来。

　　我看得入迷，久久挪不开眼，真像一场梦，又仿佛是曾经来过，那么真实。

　　住的客栈是靠近山顶的一百多年前的白族老木楼，院子门口一棵百年大榕树守在那里，树根与墙壁融为一体，裸露在外的部分覆盖着一层苔藓，茸茸的绿意在老树身上透出来，一路温润到心底来。

　　榕树阔大的枝叶几乎遮盖住大半个院子，好像是专为守护这个院子而生。百年的老树根，百年的老房子，百年的人事变迁，风风雨雨，一切都在变化着。

　　只有屋檐下挂着的火腿是百年不变的老味道，制作火腿的手艺几代人传下来，味道却从不曾改变。这种味道，或许已不仅仅是一种食物，而是一种流淌在血脉里的亲情，一辈又一辈传下来的是舌尖上最妥帖的感动，是烟火里最恒久的温情。

　　从喧嚣的尘世走来，伫立在这个老院子里，像置身一幅古画里，内心也被洇染上一份古意，自然宁静下来。

　　沿着狭窄陡峭的老木阶上到二楼，足音在木板上叮咚作响，像走在古时的某个月份里。黑咖色的木板墙，有被岁月抚摸过的光泽。一块木头门闩，锁在木门上，时光到此止步。

　　正恍然间，一抬头，迎面劈来一窗绿。像一幅画，老木格子窗作框，里边镶嵌着一团碧绿。那是窗外的远山。

贪婪地扑向窗口，闯入一团云雾里。阴雨天气，云雾氤氲在山间，离自己那么近，近到触手可及。可以看到白族的木楼上黛色的屋顶，从窗前一路排列到山脚下，层层叠叠，像一袭袭盔甲，守护着这片不染尘埃的老时光。

客栈老板就是这个家的主人，是一对老人。我问老人家，有没有想过离开这里，老人家说："有房地产的老板出几百万买这个老院子，但是多少钱我们都不卖，我爷爷建的房子，从他那一辈就一直住在这里，我爸爸生活在这里，又传到我这，也在这里生活了七八十年了，早都习惯了，这辈子就在这了。"

素简几句，却像是一段意味隽永的经文。我听得出，于老人而言，这不再仅仅是一座房子、一个院子，而是他灵魂的皈依处，是同肌肉和骨骼一样，已经同他这个人融为一体，不可割舍。

老房子的每一处都有至亲至爱的人抚摸过的余温，每一块屋瓦都记载着百年来这个家族的故事，每一个物品都盛载着几代人的回忆，这些人间最珍贵的部分怎能舍得割舍？又怎能用肤浅的金钱去衡量？

想到这世间，有多少人被名利物质冲昏了头脑，亲兄弟可以互相伤害，父子间可以反目成仇，宁可将人世间最宝贵的财富舍弃，去追逐那些虚无缥缈的奢华和丰富，可到头来换来的到底是什么呢？

是平和的笑容从岁月里褪去，不见踪影；是紧蹙的眉心不得舒展堆积成时光里的沟壑；是卧室十间却没有一夜的安稳睡眠；是偌大奢华的房子里，没有一顿团圆的晚餐；是奔忙在虚伪的浊世里，回到家依然要戴着面具生活；是物质生活越来越丰富，内心里却越来越空虚……

而最令人痛心的是，这种令人窒息的空虚，却是自己舍弃一切拼命追逐来的！

再看眼前这一对面容安然的老人，仿佛眉目间养着一团云，一呼一吸间，自在流清风。他们像冬日里透过玻璃窗包围在身上的暖阳，有一种在炉火前新剥开橘子的清香，这种味道令人满足、令人心安、令人着迷。

晚上七点钟，城市里还是灯火辉煌，车流如织，人潮依然兵荒马乱地涌动着。而这里，大山深处的千年古村里，早已静得像一位沙哑的老人。只有山溪潺潺，流在耳畔，鸟雀俱静，只有蛐蛐独霸天下般在撒野。

听到白露轻轻落在窗纸上，拨慢了时光的钟表。看到一朵云，从开着的窗户溜进来。

今夜，我终于活成了一片云，枕着溪石流水入眠。内心的喜悦仿佛开出一朵朵花来，馨香染衣，两袖清风。尚且年轻的身体里，悄悄住进一颗老灵魂。

"而今听雨僧庐下。鬓已星星也。悲欢离合总无情。一任阶前、点滴到天明。"

如今听雨僧庐下，已看透悲欢离合，一任阶前的雨，点滴到天明。此刻的内心正是词人这种心境，无嗔怪，无怨气，安静祥和，自在洒然。

被林间的松风竹响哄睡，清喜整夜。

清晨，天还未亮，被鸟儿清脆的叫声唤醒，山间的鸟儿会唱歌似的，格外有灵性。听着，那声音像一道道清泉从心尖上流过，令人血脉通畅，神清气爽。

站到窗前，伸个懒腰，身体里的浊气早已仓皇而逃。窗外是一团浓雾，没多大一会儿，云雾渐渐散开。可只在一分钟之内，雾气又从远山快速扑回来，像退场的演员遗落了道具，紧忙来取，又像突然想起个约会似的，迅速将眼前的山团团包围，把窗前的我也包围了，只是身在其中不自知吧。

我就这样站在一团云雾里，看它们来了又去，去了又来，看山间的一天悄悄拉开帷幕。

太阳从山头升起的时候，我分明看到一柱足以驱散所有黑暗的光，照进我的心里。

苍山之眼

卧室的窗外是连绵的苍山。

某一日，雨天，午睡初醒，一睁眼，窗外的画面美得不真实。像走在梦里。

山苍翠欲滴，淌成一条绿河，云奔走其中，忽隐忽现，山尖若萍，芊绵平绿。两座山窝里，各有一处白屋。

我猜想那是苍山之眼。

雨后雾浓，萦萦绕绕，似白屋眨眼。清溪画眉，为它描画出一副清水模样，素净可人。那定是一双少女的眉眼。

是一双远离尘寰的眼，蓄满了莲心不染的水泽。平日里，隐居深山，眺望着山脚下，古城里灯火阑珊，人来人往，但都与她无关；山顶上风起云涌，斗转星移，日光如炬或乌云障眼也都与她无关。

她就那样清喜宁静地望着，望着，目光里没有企盼，也没有失望，如一块老玉，温润自赏。

我常想，那苍山的"眉眼"里住着的定是一位白衣胜雪，不食人间烟火的女子。

山腰上的白屋，看不到有路，也好，古树围屏，九丈红尘侵染不到那里。

日常也无需下山，清晨她会在林中放牧两头雪白的小鹿，小鹿在一团团绿里雀跃，撞开了云，撞开了雾，撞出满山的花香涟漪。时而会伸过脖子，舔舐主人的裙摆，一脸宠溺。

她走在小鹿的身后，露水沾衣，挂满身凉润润的诗句，晶莹透亮，雪白的裙裾似要化作千万只飞舞的蝶，步步蹁跹。

她的饮食也极简单，采回一杯花苞上的清露，拾几颗静夜落下的松子，足矣，足矣，没有俗世欲望的人，胃口也不会贪婪。

她平日的工作，该是替苍山掌管万千草木精灵。山风泉语，鸟鸣瀑音也都要归她管。手记的小册子上，是草木诗，云水词。

记录通常是这样的：一月白雪披衫，二月冷杉拂暖，三月莺飞草长，四月杜鹃值班，五月露洗玉兰，六月满山杜鹃，七月丁香绕鼻，八月松风摇扇，九月秋菊落英，十月雾笼烟岚……

一草一木，她细数时光，兢兢业业，悉心照料。

傍晚，草木皆安。她会独自倚风凭栏，酿一壶美人醉，饮一壶桃夭。霞光遍野，满世界的温暖模样，映着她清澈见底的双眼，眼中有日月作弦，风抚琴，一曲曲弦音谱出鸟鸣春风暖，月似小眉弯。

夜色被她灌醉，眨着迷离的眼。空山里一颗颗松子，是从银河系游来的船。风摇桨，林作岸，轻舟摇过万重山。只为赶来与苍山，与她，在寂夜里温暖相认。

她醉了，醉在苍山敦厚的怀抱里，醉在化骨绵掌的山风里，醉在唇间丝丝缕缕的桃花香里，也醉在了轻轻晚风吹起的白衫里。

月上天心，她要睡下了。瀑声围帘，老木熏香，枕着一团云入睡。

恍然只是一溜神的工夫，一睁眼，白屋又被云雾包围，完全消失不见了。是一场梦吗？是她从梦里走来？还是我走入了她的梦里？

隐而不见了，是她看世人追名逐利，庸庸碌碌厌倦了吧？是她看透行人灿烂的笑脸竟是一张虚伪的面具，心痛了吧？

但我却愿意相信，她是以云雾挂帘，读书小憩去了，再见时，世界都会有美好的模样。

在寂照庵，绣一个"下午"

有的地方，你走进去，仿佛在瞬间羽化成一根线，被紧紧地绣进一幅图腾里，你变成了那个地方本身，或者说那个地方本就在你的生命里。比如我在寂照庵里偶然走进的那个房间，那里的每件物品都住着一个皈依的灵魂。

水泥质地的地面，为房间铺就了一种神秘隽永的底色。跨进高悬的木阶，双脚踩踏在房间的地面上，恍若自己变成一页老日历，在久远之前的年代被谁轻轻翻起，又恍然变成一枚书签，被一缕莫名其妙的光线夹进重叠的记忆。

那种感觉甚为复杂和奇特，既有踏实的饱满，又有虚无的空洞，说不清。

正对着门，是一张长桌，六把椅子，没有人坐。桌上的茶壶温热，似乎在等着下午的阳光落座。当光线熨帖地坐在椅子上，自有短笛吟风，篱影响曲，云来提壶问茶。

一旁是用红砖头堆砌的火炉。火炉四周，围有一圈石头堆砌的长凳，长凳上覆着手工的老绣片。我方才惊觉为什么没有人坐在这里围炉闲话。这本就是老绣片的位置。

房间的每个角落，每张桌子上，都摆有一盆小花，分明是谁精心插过的，有的鲜艳，有的素雅，各不相同。这样的花瓶中养着的，不仅仅是花，而是一段段有故事的时光。沉郁的，枯寂的，明丽的，喜悦的时光。

最让我欢喜的是手工绣成的一双双小鞋子，安静地摆放在窗台上。

午后的阳光，足够温柔地越过玻璃窗抚在上面，细密针脚分明呈现。鞋子是婴孩小脚一般大小，颜色艳丽，手工出奇得精致，有一种夺魂摄魄的美！

我出神地端详着，看着看着，时光仿佛静止下来，静在那一花一色里，静在一针一线里。

一直喜欢手工的物品，自有一种宁静、脱俗、远离喧嚣的气质。像一个代表永恒的符号，历经多少年，依然有一种不曾散去的温度。绣在上面的每朵花都有灵魂，每条线都有归宿。拿在手里，似有绣它的人在讲着一段老故事，手指轻轻抚在上面，故事情节千军万马地袭来，来不及躲闪，便被其深深淹没。

突然很想成为一个绣娘，在寻常日子里，绣出一个又一个这样的房间、这样的下午。在这样静美的时光里，从窗外无意闯入的灰尘也舍不得丢弃，将它们绣成一朵小花，镶嵌在光阴的墙壁；将一缕山风绣成行走世间的裙裾，如此，无论身在何处，自会蹁跹如蝶；将一片片花瓣，绣成《诗经》里的韵脚，以后再翻起，每一页都有暗香盈鼻。

再将一针一线里的故事谱成一段又一段序曲，让绣片上所有的相遇都有美丽的结局。把上关的风，下关的花，苍山的雪，洱海的月，连同光阴一起绣进去，这样无论再过多少年，在我记忆的绣片上，都有一处不生不灭的旖旎，叫大理！

此刻，下午的阳光落在我面前的老木鱼上的，似有风来，敲打出"笃笃……"的声响，那声音拖着我，走进石凳上一张张老绣片里去……

泸沽湖畔

我曾住在一间涛声里，在泸沽湖畔。

深夜，一窗星子眨着眼，似在哄着我入睡。恍然自己仍是那个躺在摇篮里的婴孩，被母亲温柔的手轻轻摇晃。星星眨着眼，收摄住整个秋天的光芒。

倚在窗前，凉风从湖面袭来包裹住我的身体，不自觉将围巾围得更紧了。

眼前是散场的戏剧，湖水拉下帷幕，一片漆黑。

浪花一声声拍打着岸，将黑夜拖得更深更长。任由思绪在声声慢里舒展，向岁月深处蜿蜒。

听着听着，自己仿佛变成了一滴水珠，被浪花一次一次卷起，在岑寂的秋夜里，写着一首抒情诗。

枕着涛声入睡，让涌向岸边的浪在梦里开成花海。

我真的做了一个长长的梦，梦见自己是一尾人鱼，却甘心被秋风编

织的巨网捕获，只因曾为岸边金黄的银杏叶着迷，以为自己可以不顾一切拥抱爱，甚至可以忘记水里自由的呼吸……

清晨，镂空的窗帘里泻出满地光亮，镂空部分是星星的形状。蒙眬间，以为是昨夜的星星住进了我的房间，仍在贪睡，还未起床。

起身，轻轻推开窗，阳光跃过小岛的树木，撒满湖碎银，闪着光。湖面波光粼粼，像梦里人鱼身上那铺满爱的鳞片，熨帖而温柔。

湖边真的铺满了银杏叶，美得像我梦中长诗里的韵脚。

几棵泛黄的垂柳，在湖边坚守着秋天。树下有一条木栈道，稀疏几个人，在湖边散步，走在深秋的深里，仿佛走着走着，便可以走到下一个季节。

身旁的格姆女神山尚在熟睡，云雾氤氲其间，是她的轻梦，有着让人不敢触碰的美好。

松风摇响山巅的经幡，像候鸟衔来的序曲，等待着阳光上演一出舞台剧。远山泼墨，潮汐问云，自然中，大家各司其职准备着自己的表演。

房间里，一张年代久远的老木桌，将我拖回到古时的某个月份。清晨的熹光，映射出一段段老旧的故事。我搅动着手中的茶匙，将老时光的斑驳研成一砚淡墨，在岁月铺展的宣纸上深情提笔。

湖畔的清晨，像被古人遗落的诗句，静美得不真实。我在窗前看着如画的风景，自己也静在画中。

想提笔写一首诗，请清晨的风吹来诗中的韵脚，请湖面的点点光亮作我诗中的标点符号。小巧的，是逗号；稍大的，作句号；最闪耀的，是感叹号……

蓊郁的林木，猎猎作响的经幡，是我诗中平平仄仄的韵律。泸沽湖畔是这首诗的题目，在尼塞岛上，在小村里，在一个木楼里，被一位诗人肺腑动荡地写起。

如果可以，我想以诗人的身份请时光静止在湖畔的清晨里。在这里，尘世的风沙无法波及，墙外的猛虎无法逾距。湖畔的叶子，一寸寸黄着，写着深秋最美的诗句，我内心却一寸寸欢喜，刚刚提笔，便是一句又一句，念你。